英国ちいさな村の謎③

アガサ・レーズンの完璧な裏庭

M・C・ビートン　羽田詩津子 訳

Agatha Raisin and the Potted Gardener

by M. C. Beaton

コージーブックス

挿画／浦本典子

ジェーンに、愛をこめて

謝辞

バッツフォード・ガーデン・センターのニック・ディッカーに、アガサの「インスタント・ガーデン」のための植物を選ぶ手伝いをしていただいたことを感謝したい。

アガサ・レーズンの完璧な裏庭

主要登場人物

アガサ・レーズン……………………………………………元ＰＲ会社経営者
ホッジ……………………………………………………………アガサの飼い猫
ボズウェル………………………………………………………アガサの飼い猫
ジェームズ・レイシー………………………………………アガサの隣人
メアリー・フォーチュン……………………………………村の新しい住人
ベス・フォーチュン…………………………………………メアリーの娘。大学生
ジョン・デリー………………………………………………ベスの恋人。大学生
バーナード・スポット………………………………………ガーデニング・クラブの議長
ミセス・メイスン……………………………………………カースリー婦人会の議長
ミス・シムズ…………………………………………………婦人会の書記。シングルマザー
ドリス・シンプソン…………………………………………掃除婦
ミセス・ブロクスビー………………………………………牧師の妻
ビル・ウォン…………………………………………………刑事
ロイ・シルバー………………………………………………アガサの会社の元従業員で友人

1

　コッツウォルズでは、穏やかな湿っぽい冬がわずかずつ春に向かいかけていた。海外で長い休暇を過ごしていたアガサ・レーズンはカースリー村のわが家をめざし、ゆっくりと車を走らせているところだった。墓場のようなこの村から遠く離れて、ほんと、すてきな日々を過ごしたわ。アガサは無理やりにでもそう思いたかった。まずニューヨークに飛び、さらにバミューダへ、そしてモントリオール、そこからパリに直行してイタリア、ギリシャ、トルコを回った。

　アガサは裕福ではあったが、多額のお金を娯楽のために使ったことがなかったので、世界を股にかけた旅になんとなく罪悪感を覚えた。それにこれまでは贅沢なパックツアーに申しこんで、団体旅行をしていたのだが、今回は一人旅をすることにした。カースリーに来てから、友だちを作ることに自信がついたからだ。というか、そう思いこんでいたからだ。しかし実際にはホテルの部屋にこもっているか、観光名所を一人

寂しくうろつくかしながら、ぼんやりと数週間を過ごしたのだった。

ただし、わびしい時間を過ごしたとは絶対に認めたくなかった。もちろん、旅が長引いたのは隣人のジェームズ・レイシーとなんらかの関係があることも。〝わたしの最新の事件〟として誇りに思っている一件に決着がついたとき、アガサは村のある女性と地元のパブで飲み過ぎた。そして酔っ払って家に帰る途中、自宅の前に立っているジェームズを見かけ、失礼な態度をとってしまったのだ。

翌日、酔いが醒めて反省したアガサは、隣人であるこの魅力的な独身男性に心から詫び、その謝罪は静かに受け入れられた。しかし、それまでの親しい友人関係は、距離を置いた近所づきあいになってしまった。ジェームズはパブや村の店でアガサと会うと、ちょっと立ち話はしたが、コーヒーを飲みに家に訪ねてくることは二度となくなった。庭仕事をしているときに小道をやってくるアガサの姿を見かけると、あわてて家に入ってしまう。そういうわけで、アガサは傷心を癒すために海外に飛んだのだった。

なぜかしら、のんびりしたカースリーの影響がなくなると、かつての性格が顔を出した。つまり、怒りっぽくて、攻撃的で、批判的なところだ。猫たちは後部座席のバスケットの中にいた。猫ホテルに寄ってホッジとボズウェルを引き取り、家路に就いたのだ。アガサは何年も夫に会っていなかったし、会いたいとも思わず、実際のところ、その存在をすっかり忘れていたが、実はまだ戸籍上は既婚だった。それでも、猫だけを相手に暮らしている村の孤独なオールドミスのような気分になっていた。

カースリーの村は淡い日差しの中にひっそりと横たわっていた。煙突からは煙が立ちのぼっている。建物が点在するメイン・ストリートに入った。この通りがカースリーのほぼすべてといってよかった。あとは数本の横道、それに村はずれに公営住宅があるだけだ。アガサは茅葺《かやぶ》き屋根の自分のコテージが建つライラック・レーンに鋭角に曲がりこんだ。ジェームズ・レイシーは隣に住んでいて、ジェームズの家の煙突からも煙がたなびいている。胸が高鳴った。車をジェームズの家の前に停めて、「ただいま」と明るく呼びかけたかった。しかし、玄関の階段の上に出てきたジェームズはアガサをしかつめらしく眺めると、「無事に帰ってきてよかった」とかなんとか礼儀正しいことを口にして、そそくさとひっこんでしまうだろう。それは目に見えていた。

バスケットに入れたボズウェルとホッジを連れて、コテージに入った。掃除用洗剤と消毒薬のにおいが強く漂っている。アガサの留守中、献身的な掃除の女性、ドリス・シンプソンが家に出入りして掃除しておいてくれたのだ。猫にえさをやり、外に出してやると、車からスーツケースを運んできて衣類を洗濯かごに放りこんだ。それから、カースリーの女性たちへのおみやげである小さな包みを次々にとりだした。牧師の妻、ミセス・ブロクスビーには、イスタンブールでとてもきれいなシルクのスカーフを買ってきた。急に誰かとおしゃべりしたくなったアガサは、牧師館まで行っておみやげを渡してくることにした。

太陽はすでに沈み、牧師館は暗くひっそりしていた。ふいに不安がわきあがった。カースリーに対しては辛口の意見を持っていたが、やさしい牧師の妻がいない村など想像できない。自分がいないあいだに、牧師が別の教区に異動になっていたらどうしよう?

アガサはいささか好戦的な丸顔に、がっちりした体つきの中年女性で、クマを思わせる小さな目をしていた。髪の毛は茶色で艶があり、短いボブにカットされている。マリー・クワントの最盛期にこのスタイルにしてから、ほとんど変えていなかった。脚の形はきれいで、服は値の張るものだった。牧師館の戸口に祈るような気持ちで立っているアガサを見て、世間に対してまとっている強面《こわもて》の鎧《よろい》の下に、実は人の思いやりに焦がれる小心さが潜んでいるとは誰一人気づかないだろう。

ドアをノックし、近づいてくる足音をうれしい気持ちで聞いた。ドアが開くと、ミセス・ブロクスビーがにこやかな顔で立っていた。牧師の妻はやさしい顔つきの女性だった。うなじで古めかしい形にまとめられた茶色の髪には、ところどころ灰色のものが交じっている。

「どうぞ入ってちょうだい、ミセス・レーズン」顔全体をぱっと輝かせるすてきな微笑を浮かべていった。「ちょうどお茶をいただこうと思っていたのよ」

しばらく人づきあいと遠ざかっていたアガサは、いきなり包みを差しだしてぶっきらぼうに伝えた。「おみやげよ」

「あらまあ、ご親切に！　ともかく、入ってちょうだい」

牧師の妻は先に立ってリビングに入っていくと、ふたつのスタンドのスイッチを入れた。アガサはわが家に帰ってきたかのような心地になり、ソファの羽毛クッションのあいだに腰をおろした。ミセス・ブロクスビーはいぶっていた暖炉に薪を放りこみ、火かき棒で突いて炎を燃えあがらせた。

それから包みを開き、金と赤とブルーで染められたシルクのスカーフを目にして歓声をあげた。

「まあ、エキゾチックだこと。日曜の礼拝に巻いていったら、教区の羨望の的になりそうだわ。お茶とスコーンを用意するわね」リビングを出ていき、夫の牧師に呼びかけている声が聞こえた。

「あなた、ミセス・レーズンが帰ってきたのよ」

不明瞭な返事が聞こえた。

十分ほどして、ミセス・ブロクスビーがお茶とスコーンのトレイを手に戻ってきた。

「アルフはごいっしょできないんですって。説教の原稿を書いているところなの」

訪ねてくるたびに牧師は決まって何かしらで忙しいようだ、とアガサは苦々しく思った。

「ねえ、旅行について聞かせて」ミセス・ブロクスビーがせがんだ。アガサは訪ねたさまざまな土地について描写しながら、できるだけ洗練された旅行者らしいイメージをでっちあげようとした。それから、バターを塗ったスコーンを振りながら、こうしめくくった。「こっちでは、たいしたことは起きなかったんでしょうね」

「あら、いくつか目新しいことがあったわよ。新しい人が引っ越してきたわ。村にとっては宝物みたいな人。ミセス・メアリー・フォーチュンっていうの。お気の毒なミセス・ジョセフスの家を買って、すっかり改装したのよ。ガーデニングの腕前もすばらしいわ」

「ミセス・ジョセフスのところには、ほとんど庭がなかったでしょ」アガサはいった。

「表側にはけっこうなスペースがあるので、ミセス・フォーチュンはそこをすべて造園したのよ。おまけに、キッチンにつなげて家の裏手に温室まで作ったの。温室では熱帯植物を育てているわ。それにパンやケーキを焼くのがとても上手なのよ。彼女のスコーンには、残念ながらわたしのスコーンじゃ、とうてい太刀打ちできないわ」

「ご主人はどういうお仕事をしている方？」

「ミスター・フォーチュンはいないわ。離婚したのよ」

「いくつぐらいなの？」

「見当がつかないわね。とてもきれいな女性よ。ガーデニング・クラブの会合では、とても活躍しているわ。彼女もミスター・レイシーもガーデニングに熱心なの」

アガサは心が沈んだ。自分がいなくてジェームズが寂しがっているのではないかと、ひそかに期待していたのに。どうやら、ガーデニングに熱心な魅力的な離婚女性と楽しくやっていたようね。

ミセス・ブロクスビーは穏やかな口調で、さらに教区の他のニュースを伝えてくれたが、アガサは二人のことで頭がいっぱいで、話がほとんど耳に入らなかった。ジェームズ・レイシーへのロマンチックな気持ちは、いまや競争心にとってかわられていた。アガサにはちゃんと常識があったので、ジェームズ・レイシーが自分にまったく興味がないという事実を受け入れてすらいたが、新参者の話を聞いて、改めてアガサの闘争本能がかきたてられたのだ。

家の裏手から牧師の声が聞こえた。「今夜の夕食はどうなっているんだね?」

「もうすぐよ」ミセス・ブロクスビーは叫んだ。「あなたもいっしょにいかが、ミセス・レーズン?」

「こんなに遅い時間になっていたのね」アガサはさっと立ちあがった。「ありがとう、でもけっこうよ」

コテージに歩いて戻ると、猫たちを裏庭から家に入れてやった。夜の闇に包まれ、庭はよく見えなかった。昨年、いくつかの低木と花を植えておいたが、アガサのはいわゆる〝インスタント・ガーデニング〟だった。つまり、生長した植物を種苗店で買ってきて庭に植え替えるのだ。ガーデニングの世界に仲間入りするには、本物のガーデニング愛好家にならなくてはならない。本物の愛好家は温室を所有し、植物を種から育てるのだろう。それに、そのガーデニング・クラブにも入ったほうがよさそうだ。

アガサはライヴァルについて知ろうとして、翌日モートン・イン・マーシュまで車を走らせベーカリーでケーキを買うと、カースリーに引き返し、新参者の家に向かった。村の高台に建つ、ヴィクトリア朝様式のこぎれいだがありふれたテラスハウスの一軒がめざす家だった。庭の門を開けながら、最後にここに来たときは、家に入って司書のミセス・ジョセフスが殺されているのを発見したのだったと、落ち着かない気分で思い出した。家の正面にはガラス張りのポーチが増築され、植物や花や籐の家具がぎっしり並べられていた。

アガサはケーキを抱えてベルを鳴らした。ドアロに現れた女性に、アガサの心は一気に沈んだ。その女性はまちがいなく魅力的だった。しわひとつないなめらかな肌、ブロンドの髪、明るい青い目。

「初めまして、アガサ・レーズンと申します。ライラック・レーンのミスター・レイシーのお隣なんです。休暇から戻ってきたら、あなたが村に引っ越してきたとうかがって、ご挨拶にケーキをお持ちしました」

「それはどうもご親切に」メアリー・フォーチュンは笑顔になった。「どうぞ。あなたのことは聞いてます。この村のミス・マープルなんですってね」

そのいい方にはどことなくトゲがあり、こちらを観察している目つきからして、自分が有名な小説の登場人物になぞらえられたのは、傑出した探偵能力のせいではなく、年齢のせいだと、アガサは感じた。

メアリーはおしゃれなリビングに案内してくれた。書棚が壁を埋め尽くしている。

鉢植えの植物がみずみずしい緑に輝き、暖炉では薪が勢いよく燃えている。おまけに何かを焼いている家庭的なにおいが漂っていた。ジェームズが長い脚を投げだし、ここでリラックスしている姿が目に浮かぶようだった。

「あなたの電話番号を教えていただけるかしら」

アガサはいいながら、大きなハンドバッグを開けてノートとペン、それに眼鏡をとりだした。メアリーの電話番号などには興味がなかった。ただ、眼鏡をかけて、新入り女性の顔に本当にしわがないのか確認する口実がほしかっただけだ。

メアリーは番号を教え、アガサは顔を上げて、眼鏡越しに目をすがめた。ははーん、なるほどね。ばっちり見えたわ。正真正銘のフェイスリフトだった。皮膚を人工的に伸ばすものが入れられている。髪の毛は染められていたが、専門家の手によるものだったので、いかにも脱色しましたという安っぽい仕上がりではなく、筋目の入ったブロンドになっていた。

「あなたはガーデニング・クラブのメンバーだそうですね」アガサは眼鏡をはずし、ケースにしまいながらいった。

「ええ、村のために少しでもお役に立ててうれしく思っているわ。ミスター・レイシーがとても力になってくれていて。もちろん、ミスター・レイシーはご存じでしょ。

お隣だから」

「ええ、とても仲良しなんですよ」

「本当に？ じゃ、あなたの持ってきてくださったケーキをいただきましょうか」

メアリーは立ちあがった。彼女はグリーンのセーターにグリーンのスラックスをはき、完璧なスタイルをしていた。

ドアベルが鳴った。「噂をすればなんとやらね、きっとジェームズよ」メアリーがいった。「よく訪ねてくるから」

アガサはスカートをなでつけながら、メイクをしてこなかったことに気づいた。メイクなど不要の幸運な女性もいることはいるが、自分はそういう幸運に恵まれていないことはわかっていた。

ジェームズ・レイシーが入ってきた。アガサを見たとたん、その目にかすかな失望がちらっとよぎった。ジェームズ・レイシーは長身で五十代半ばだったが、ふさふさした黒髪には、わずかしか白いものが交じっていない。目はメアリーと同じ明るいブルーだった。ジェームズはメアリーの頰にキスすると、アガサに笑いかけた。「おかえりなさい。楽しい休暇でしたか？」

「ミセス・レーズンがケーキを持ってきてくださったの」メアリーが口をはさんだ。

「お茶を淹れてくるから、二人でおしゃべりしていて」

ジェームズはまっすぐ視線を向けずに、メアリーに微笑みかけた。まるで彼女の姿を見たくてたまらないのに、恥ずかしくて視線を向けられない少年のようだ。恋をしているんだわ、とアガサは思った。すぐさま席を立って帰りたくなった。

無理をして休暇について明るく語りながら、何かおもしろいエピソードがあったらいいのに、と残念でたまらなかった。休暇のあいだじゅう、ほとんど誰にも話しかけず、ほとんど誰からも話しかけられなかったので、披露できるような話を持ち合わせていなかった。

メアリーがトレイを運んできた。「チョコレートケーキよ。これで全員おデブになっちゃうわね」

「きみは大丈夫だよ」ジェームズがおだてるようにいった。「心配いらない」

メアリーに微笑みかけられると、ジェームズは照れたような笑みを返し、チョコレートケーキにかがみこんだ。

「ガーデニング・クラブに入ろうかと思っているの」アガサは切りだした。「いつ集まりがあるのかしら？」

「ジェームズとわたしは今夜の会合に行くつもりでいるわ。よかったら、あなたもいらしたら？」メアリーがいった。「学校の講堂で七時半からよ」

「ガーデニングに興味があるなんて知りませんでしたよ、ミセス・レーズン」ジェームズが口を開いた。

「どうしてそんなに他人行儀なの？」アガサはクマのような目でじろっと見た。「いつもアガサと呼んでいるのに」

「ええと、アガサ、これまでは種苗店から生長した植物を買ってきていたでしょう」

「時間ができたから、一から自分で育ててみるつもりなの」

「お手伝いするわ」メアリーが気さくにいった。「ねえ、ジェームズ？」

「ああ、もちろんだ」

「どうしてカースリーに引っ越していらしたの、メアリー？」

アガサはスカートがウエストに食いこんでいるのを感じて、食べかけのチョコレートケーキの皿を置くと押しやった。

「コッツウォルズをドライブしていて、この村がすっかり気に入ったの。とても平和で静かで。いい人ばかりだし」

「この家で殺人事件が起きたことを知っている？」アガサは自分が解決した事件に話を向けようとした。

しかし、メアリーはすぐさまそれを一蹴した。

「その事件については残らず聞いているわよ。でも、気にしないわ。古い家では、これまでにたくさんの人が亡くなっているにちがいないもの」メアリーはジェームズの方を向くと、ガーデニングについてしゃべりはじめた。「わたし、苗床の苗を移植しているところなの」

「他人が温室で何をしていようと、どうでもいいことよね」アガサはそういうと、大げさな笑い声をあげた。

一瞬、氷のような沈黙が広がったが、メアリーとジェームズは話を再開し、アガサが聞いたこともないような植物のラテン語の学名が二人のあいだで飛び交った。

アガサは恥をかかされ、のけ者にされたような気分になった。逃げ帰りたいという気持ちと、ジェームズが帰るまで粘りたいという気持ちのあいだで、心が揺れ動いていた。

とうとう自分が帰るまでアガサも腰を上げそうにないとあきらめたのか、ジェームズが立ちあがった。

「じゃあ、今夜また、メアリー」

メアリーとアガサも立ちあがった。

「いっしょに帰るわ、ジェームズ」アガサはいった。「また今夜ね、メアリー」

アガサとジェームズは外に出た。庭の門まで来ると、ジェームズはいきなり回れ右をして、階段の上に立っているメアリーのところに引き返していった。ハンサムな顔をうつむけ、なにやら彼女にささやいている。メアリーは小さな笑い声をあげ、ささやき返した。ジェームズはきびすを返すと、アガサの立っているところに戻ってきた。二人は歩きはじめた。

「メアリーは興味深い女性なんです」ジェームズがいった。「あちこち旅行していましてね。実際、ここに来る前は、カリフォルニアでしばらく暮らしていたんですよ」

「ああ、そこでフェイスリフトを受けたのね」アガサはいった。

ジェームズはアガサを見下ろすと、唐突にいいだした。

「忘れてた。夕食の買い物をしなくちゃいけなかったんです。つきあっていただくにはおよびません。急がなくては」

いきなりアクセルを踏みこんだ車さながら、ジェームズは大急ぎで行ってしまい、とり残されたアガサは茫然としてその後ろ姿を見送った。

家に戻ったときには、すべてのことを忘れたくなった。メアリーがジェームズを手に入れたいなら、そうすればいい。ああいう女性に惹かれるなら、ジェームズは絶対にアガサ・レーズン向けではないだろう。

しかし、競争心というのはなかなか消えないもので、午後遅くになる頃には、暖房装置を備えた小さな温室を注文し、週末までにすべてを設置するという条件で、法外な代金を支払うことを承知していた。さらに、ガーデニングについての本もひと山買いこんだ。

ガーデニング・クラブの会合に出る前に、アガサは近所のパブ〈レッド・ライオン〉に行った。メアリー・フォーチュンを好きではない人間に一人でもいいから会いたかったのだ。店主のジョー・フレッチャーは温かい笑みでアガサを迎え、ジントニックを渡してくれた。

「お店からのサーヴィスだ。帰ってきてうれしいよ」

アガサは目にわきあがった涙をどうにかこらえた。一人で旅行するのは最悪だった。独身の中年女性は尊敬も注目も向けられない。店主のささやかな親切に胸を打たれた。

「ありがとう、ジョー」少しかすれた声でいった。「新しく越してきた女性がいるでしょ。彼女をどう思う？」

「ミセス・フォーチュンかな？　しじゅう、ここに来ているよ。とても気前がいいんだ。いつも、みんなにおごっている。村じゅうの評判さ。最高のスコーンとケーキを焼くし、腕のいいガーデニング愛好家だし、配管修理もできるし、車のエンジンについても詳しいんだよ」

地元の農夫の一人、ジミー・ペイジが入ってきて、アガサに声をかけた。

「帰ってきてくれてうれしいよ、アガサ」そういいながら、大きな尻をアガサの隣のバースツールにでんとすえた。

「何を飲む？　おごるわ」気前のよさでメアリーに後れをとってはならじと、アガサはたずねた。

「ビールをハーフパイント」ジミーはいった。

「あなたと奥さんにおみやげを買ってきたの。明日、持ってくるわね」

「それはご親切に。あんたがいないあいだ殺人事件は一件も起きなかったよ。墓場みたいに静かだった。あのメアリー・フォーチュンはおもしろいことをいってたな。『たぶんミセス・レーズンはハゲタカみたいな女性なのよ。だから、彼女が村を出ているあいだは、何も悪いことは起きそうもないわね』ってさ」

「ずいぶんひどいことをいうのね」アガサはむっとした。

「悪くとらないほうがいいよ。あの人はよくそういう辛口の冗談をいうんだ。悪意はないのさ。それより休暇について話してくれよ」

地元の人間が周囲に集まってくるにつれ、アガサの冒険は大げさになり、滑稽な場面が創作された。アガサは注目の的になることを楽しんだ。だが、バーカウンターの向こうの時計を見ると、そろそろ学校の講堂に行く時間だった。

薄暗い学校の講堂に入っていくと、ブロンドの髪と完璧なスタイルをきわだたせるグリーンのウールのドレスを着たメアリーは、田舎くさい村人たちのあいだで太陽のように輝いていた。ジェームズが隣にすわっている。アガサが入っていったとき、メアリーがこういうのが耳に入った。

「会合の前にディナーに行けばよかったわね。おなかがぺこぺこだわ」

では、二人はずっといっしょだったのね、夕食を買いに行くというのは嘘だったんだわ、とアガサは苦々しく思った。

ミスター・バーナード・スポットという年配の紳士が会合の議長を務めた。暗い講堂にはいくつか見知った顔があった。蛍光灯がふたつ切れていて、残るひとつの蛍光灯も頭上でブーンと音を立てて点滅している。壁には子どもたちの絵が貼られていた。大人が集まっている部屋の壁に子どもたちの絵が貼られているのは、なんだか気が滅入るわ、とアガサは思った。まるで子ども時代ははるか昔になり二度と戻れない、と強調されているような気がする。ありとあらゆることに難癖をつける気むずかしい老夫婦、ボグル夫妻も出席していた。カースリー婦人会の議長ミセス・メイスンも、前列にミセス・ブロクスビーと並んでいる。アガサの家の掃除を引き受けているドリス・シンプソンが入ってきて、アガサの隣にすわると「おかえりなさい」とささやいた。そのあとから婦人会の書記を務めているシングルマザー、ミス・シムズが高いヒールでよろよろ歩きながら入ってきた。

ミスター・スポットは七月に行われる予定になっている、毎年恒例のガーデニング・コンテストについて長々としゃべった。そのあと、八月にはクラブのメンバーが庭を一般公開する〝審判の日〟があった。それから、地元の警察官フレッド・グリッグズが法定で証拠を列挙するかのように、前回の会合の議事録を読みあげた。

アガサはあくびをこらえた。この会合に出て、得るところがあるのかしら？　ジェームズはわたしにあきらかに興味がないし、今後もきっとそうだろう。温室に注ぎこんだお金を後悔した。ぼんやりと物思いにふける。また殺人事件が起きてほしいと思うのはふらちだったが、アガサはいつのまにかそれを願っていた。自分向きではないとわかっている場所に、こんなふうにすわっているのは我慢できない。ガーデニングは何かを育てる作業だ。アガサが育ったバーミンガムのスラム街では、地面から頭を出した植物は街の子どもたちにたちまち踏みにじられたものだ。

会合が終わり、人々の立ちあがる物音がした。そしてメアリーが講堂の隅で、いかにも女主人然としてお茶をふるまいはじめた。

アガサはドリスに話しかけた。

「留守中、家をお掃除してくれてありがとう。あなたもガーデニングにのめりこんでいるの？」

「去年始めたばかりなんです。楽しいですよ」

「わたしにはたいして楽しそうには思えないわ」

アガサはいうと、ジェームズがメアリーと並んで立っている講堂の隅をちらっと見た。メアリーはお茶を注ぎ、ケーキの皿をみんなに差しだしている。

「植物が大きく育ってくると、わくわくしますよ」

「新入りさんは大人気みたいね」アガサはいった。

「わたしにはそうでもないですけど」

まあ、物のよくわかったドリスだこと！　かけがえのない宝だわ！

「どうして？」

「さあね」ドリスのブルーグレーの目が、眼鏡の奥で用心深く光った。「あの人はいつも正しいことをして、みんなに親切にしている。だけど、そこに温かさが感じられないんです。まるで演技しているみたいに」

「ジェームズ・レイシーは彼女を気に入っているようだけど」

「長続きしませんよ」

アガサはふいに希望がふくらむのを感じた。

「どうして？」

「だって、ジェームズは頭のいい人だけど、メアリーは頭がいいように見せかけているだけですからね。ジェームズはいい人だけど、彼女はいい人のふりをしているだけです。わたしはそんなふうに見てますよ」

「あなたにおみやげを買ってきたの」アガサはいった。「明日、うちに来たときに持って帰ってね」

「ありがとうございます。でも、お気遣いしてくださらなくてよかったんですよ。猫たちは元気ですか？」

「わたしを無視しているわ。猫ホテルが気に入らなかったみたい」

「猫ホテルなんかにお金を払わずに、今度、お出かけのときは家に残していってください。わたしが毎日行って、えさをあげ、少し外に出してあげますから。あの子たちも自分の家で過ごしたほうがうれしいですよ」

ミセス・ブロクスビーが近づいてきて、そのあとからミス・シムズも現れた。ミセス・ブロクスビーは新しいスカーフを巻いていた。

「本当にすてきね。日曜にこれをつけるのが待ちきれないわ」

アガサはミス・シムズにいった。「あなたにもおみやげがあるのよ」

「まあ、ご親切に。あら、まだお茶を飲んでないでしょ、アガサ。メアリーはとてもおいしいケーキを焼くのよ」

「また今度ね」アガサは答えた。ジェームズとメアリーに合流して、これ以上つらい思いをするつもりはさらさらなかった。

アガサ・レーズンをとり囲む人の輪がしだいに大きくなっていくのを、メアリー・フォーチュンは部屋の向こうから眺めていた。メアリーは茶器を片づけ、余ったケーキをプラスティックの箱にしまった。

「きみの家まで運んでいくよ」ジェームズは申し出た。

ジェームズはメアリーといっしょに講堂を出ていくときに、アガサをとり囲んだグループが何か彼女のいったことで笑っていて、引き揚げていく自分たちには目もくれないことにいやでも気づかされた。しかし、アガサは振り向きはしなかったが、ドアに向かうジェームズの足どりに全身全霊で注意を向けていた。それを知ったら、さぞジェームズは驚いたことだろう。

その夜はキリッと冷たい空気がすがすがしく、霜がおりていた。頭上で瞬く大きな星々。ジェームズは世の中に満足していた。

「あのアガサ・レーズンって、とびきりがさつな女性みたいね」ふと気づくと、メアリーがそういっていた。

「アガサはときどき、ぶっきらぼうになることがあるんだ」弁解するようにジェームズはいった。「でも、実は心根のやさしい人なんだよ」

「用心してね、ジェームズ」メアリーがからかった。「あの欲求不満のオールドミスは、あなたに目をつけてるわよ」

「わたしの知る限りでは、アガサはきみと同じように離婚したんだ」ジェームズはこわばった声でいった。陰口に良心がとがめたせいで、アガサに追いかけ回されているあいだじゅう、彼女を必死に避けていたことをころっと忘れていた。「彼女の話はしたくないな」

メアリーは小さな笑い声をあげた。

「かわいそうなジェームズ。もちろん、したくないでしょうね」

メアリーがガーデニングについてしゃべりはじめたので、ジェームズは並んで歩きながら、彼女といっしょにいるといつも感じる温もりとときめきをとり戻そうとした。しかし、アガサに対する悪意のこもった意見が心にひっかかっていた。ジェームズは勇敢な人間を尊敬している。アガサ・レーズンはまちがいなく賞賛に値する勇気を備えた女性だ。

ジェームズはメアリーを戸口まで送るとケーキの箱を渡し、いつものコーヒーの誘いを断って、メアリーを驚かせた。

ジェームズとメアリーの関係で頭がいっぱいだったアガサは、ガーデニング・クラブでの自分の人気ぶりに気づかなかった。もっとも、これまでの人生で人気があったことなど一度もなかったのだが。PR会社の有能な経営者だったアガサは、数年前に会社を売却して引退し、カースリーに越してきたのだった。それまで、アガサにとっては仕事が人生であり、彼女の存在そのものだった。人間関係といえば、スタッフと、自分が宣伝しようとしている人か物のためにスペースを割くように脅しつける担当者たちだけだった。

家のドアを開けると電話が鳴りはじめたので、ぎくりとして電話機を見つめた。

「もしもし?」おそるおそるいった。

「アギーですか? 田舎の村の生活はいかがですか?」元部下、ロイ・シルバーのもったいぶった声が聞こえた。

「まあ、ロイ。元気でやってる?」

「いつものように働いて、退屈してますよ。そちらに招待してもらえないかな、と思っているんですが」

アガサはためらった。今もロイが好きなのかどうかよくわからなかったのだ。そもそも、好きになったことがあるのかも。それでも以前、引っ越してきたばかりで話し相手がほしくてたまらなかったときに、ロイを招待したことがあった。そろそろ気分転換にPR業界についておしゃべりして、ロンドンの様子を聞くのもいいかもしれない。

「今週末に来てもいいわよ。モートン・イン・マーシュまで迎えに行くわ。彼女も連れてくるの?」

「いえ、ぼくだけですよ。相変わらず、電子レンジで調理をしているんですか?」

「今ではまともな料理を作ってるわよ」アガサはきっぱりといった。

「十一時半ぐらいに着く電車で行きます。じゃあ、そのときに。また殺人事件は起きましたか？」

アガサはメアリー・フォーチュンのことを苦々しい気持ちで思い浮かべた。

「まだよ。まだ起きてないわ」

2

金曜の夜に軽く飲みにきてほしいという手書きの招待状がメアリーから届き、アガサを驚かせた。手紙は郵便受けに押しこまれていた。ガーデニング・クラブの会合があった翌日のことだ。

毒虫か何かのように、その招待状をじっと見つめた。それから寝室に上がっていき、鏡に映る自分を眺めた。旅行のあいだじゅう食べすぎたせいで、体に肉がついていた。孤独を癒してくれるカロリーの高い食べ物がいけなかったようだ。いかにも貫禄のある中年女性という姿だった。招待状をドレッシングテーブルの上に置くと、クロゼットからいちばんのよそいきをとりだし、手早く古いセーターとズボンを脱いで試着してみた。多少きつかったものの、一見、以前と変わらないように見えたのでほっとした。しかし、振り向いて後ろ姿をチェックしてみて、ぞっとした。スカートに浮きでたパンティの線の上に、だぶついたお肉がふたつ盛り上がっている。メアリーの家に

行き、彼女と競争することなどとうていできそうにない。これが五十代の厄介なところなのだ。しじゅうスタイルを厳しくチェックしていないと、いきなり身の毛がよだつほどたるみ、醜い脂肪がそこらじゅうについてしまう。

元の服に着替えると、自分の気持ちがはっきりするまで、招待を受けるのは先延ばしにしようと決めた。とりあえずイヴシャムの安売りスーパーマーケットに車で行って、週末用の食べ物を買いこみ、Ａ44号線沿いの露店で新鮮な果物と野菜を選ぶことにした。

スーパーマーケットに着くと、買い物の前にカフェでコーヒーを飲むことにした。煙草は持ってきたものの、ライターを忘れてきたことに気づき、安いライターを買おうと煙草売り場に行った。

「これは電子制御なんですよ」中年の女性店員がいった。

「どういうものなの？」

「ほら、あまり力を加えなくても着火するんです」店員はアガサに微笑みかけた。「親指がうまく曲がらない年配の方にぴったりでしょ」

アガサは店員をにらみつけた。「失礼な人ね」

「マダム、わたしはただ――」

「もういいわ。それをいただくわよ。おいくら?」アガサはつっけんどんにたずねた。

「八十五ペンスです。でも——」

アガサはきっちり八十五ペンスをたたきつけるようにして置くと、ライターを手にとり、さっとカウンターを離れた。五十過ぎてメイクをしていないと、こういう目にあうのかしら? 老人とまちがえられるなんて冗談じゃない。

頭の中の理性の声がいった、落ち着いて、彼女はあなたのことをいったわけじゃないわよ。いいえ、そうよ、わたしのことをいったのよ、と傷ついた心が叫んだ。アガサはセルフサーヴィスのカウンターでコーヒーを飲みながら、クリームケーキから顔をそむけ、窓の外の駐車場に不機嫌な視線を向けた。

英国のスーパーマーケットで駐車場を眺めながらコーヒーを飲むと、なぜかとても気が滅入った。周囲の木々は新しく植えられた貧弱な木々ばかり。でも、設計段階で緑色のスポンジで作られて模型に植えられていたときは、とても見栄えがしたにちがいない。ほこりっぽい風の強い日だった。捨てられた包み紙がころがっていき、雨のあとが薄い膜になって窓ガラスを曇らせている。アガサは大きなため息をついた。ジエームズ・レイシーみたいな世の中のハンサムな男性のことなどきれいさっぱり忘れ、好き放題をしてデブになり、美容クリームもつけず、しわができるに任せたら、さぞ気楽だろう。メアリーの家には行かないわ。自分の体型を思い知らされることになるもの。

でも自転車をひっぱりだして、少し運動してみてもいいかもしれないわね。

金曜の夜、メアリー・フォーチュンはお客たちを眺めていた。あらゆる種類の飲み物を用意して、それにあわせて熱々のおいしいおつまみも作っておいた。しかし、みんな長居しようとはせず、腹が立つほどたくさんの人々が部屋を見回しては、「ミセス・レーズンはどこなの?」とたずねた。メアリーはそのたびに、週末にお客さまが来るから準備のために家にいるそうよ、と愛想よく答えるのだった。農夫のジミー・ペイジが〈レッド・ライオン〉に向かうアガサを見かけた気がするというと、いまいましい女、ミス・シムズはこういった。

「ちょっと寄って、おみやげのお礼をいったほうがいいかもしれないわ」

それに賛同して帰っていくお客がけっこういるようだった。さらにいらだたしいのは、ジェームズがもはや自分のことを以前のように目を輝かせて恥ずかしそうに見つめなくなり、そわそわしていることだった。いつもならずっとそばにつきっきりで、最後まで残って片づけを手伝ってくれた。メアリーは首をかしげた。アガサ・レーズンはがっちりした地味な中年女性で、敬遠したいような性格の持ち主だったから、ジエームズが彼女に心変わりしたとは考えられない。しかし、このアガサ・レーズンという女性は、村に溶けこんでいるようだ。そして、この自分、メアリーはそうではない。案の定、ジェームズは最後まで残らずに帰っていった。

翌朝、アガサはモートン・イン・マーシュの駅でロイ・シルバーの到着を待っていた。心のどこかでは、ロイが来なければいいのにと思っていた。ロイのいかにも特権階級らしいふざけた態度は、カースリーの地に足が着いた雰囲気にそぐわなかった。もっとも、ジェームズ・レイシーはアガサが週末に男性を泊めていても、恋愛関係だとは絶対に思わないだろう。ロイはまだ二十代だったから、アガサには若すぎた。

黒いデニム姿のロイは、携帯電話でしゃべりながら電車から降りてきた。アガサの心は沈んだ。駅のホームにいたわずかな人間が仕事中の若い重役に注目してくれたので、ロイはようやく満足し、電話を切るとアガサに近づいてきた。

「いったいどうしちゃったんですか？」挨拶代わりにロイはたずねた。「『ああ、このあまりにも硬い肉体が溶けてくれないものか……』シェイクスピアですよ、アギー。すべてをいい尽くしていますね」

「少年院でりっぱな教育を受けたのね」アガサはいい返した。彼女は文学作品の引用が大嫌いだった。

「はっきりいって、オバサンになったあなたは気に入らないな」ロイは陽気にいった。

「休暇のあいだに少し体重が増えたのよ」アガサは弁解した。「だけど、すぐ元に戻るわ」

「ダイエットをするといい。ぼくもいっしょにやりますよ」ロイは意気ごんでいった。

「フルーツダイエットがお勧めなんです。三日間、果物しか食べないんですよ。ぼくはちょうどここに三日間いるし」

「月曜は仕事があるんじゃないの？」

「日頃の働きぶりのおかげで休みをもらったし、あなたに提案したい案件があるんです」

「あら、ロイ、仕事に関心があるなんて知らなかったわ。あなたの案件には、コスタ・デル・ソルのラベルを貼って休暇中にしておいて」ぴしゃりとアガサはいった。

「そろそろ出発しましょう」

「いいですとも。家に着いたら説明しますよ」

道中、ロイはフルーツダイエットについて熱く語り、二人で試すべきだと主張した。

アガサはボートン・オン・ザ・ヒルの丘を登っていきながら、まだ売り家の札が立っている家があることに気づき憂鬱《ゆううつ》になった。政治家が一般大衆に信じてもらいたがっているほどには、景気後退が改善されていない証拠だった。それからカースリーに続く長く曲がりくねった坂道を下っていった。その朝は厚く霜がおりていて、それがまだ解けていなかった。霜で白くなった木々が道にせりだし、あたり一帯がひっそりと凍りついて静止しているかのように感じられた。

「そのダイエット、本気でやるつもり?」アガサはロイをコテージに招じ入れながらたずねた。「週末のためにどっさり食材を買いこんだし、わたしは腕のいいコックよ」

「やってみましょうよ、アギー。自分がとてもスリムに見えるところを想像してみて」

そこでアガサはメアリー・フォーチュンの姿を思い浮かべ、小さくため息をついた。

「わかったわ、ロイ。フルーツね」

計画していたステーキとベイクトポテトのランチに、頭の中で名残惜しげにさよならを告げた。ステーキなら太らないのに、とアガサは思った。ベイクトポテトに添えるつもりだったサワークリームとこってりしたバターのことは、ころっと忘れていたが。

「一杯やりにパブに行く？」

アガサは期待をこめてたずねた。土曜日なので〈レッド・ライオン〉のバーカウンターには、チーズとオニオンのピクルスを盛った小皿がずらっと並んでいるはずだ。

「アルコールもコーヒーも禁止ですよ」ロイが楽しげにいった。「出かけてフルーツを買ってきたほうがよさそうだ」

「フルーツならあるわよ」アガサはリンゴとオレンジを盛ったボウルを指さした。

「これじゃ足りません。もっと買いこまなくちゃ」

小道に停めた車に向かいながら、アガサはこんな馬鹿げたダイエットはやめましょうよ、とロイにいいたくなった。しかしそのとき、メアリーの車がジェームズ・レイシーの家の前に停まり、お気に入りのグリーンの服を着たメアリーが降りてきた。メアリーはロイを値踏みするように眺めた。ふいに、ロイの若さとやせた姿が意識された。色白のほっそりした顔に抜け目のない目つきをしたロイは、やせたひょろっとした体型で、ダイエットよりもむしろもっと太ったほうがよさそうに見えた。

「あの派手な女性は誰ですか？」ロイがたずねた。

「新しく越してきた人」アガサはそっけなく答えた。「車に乗って」

おなかがぐうっと鳴って、朝食はコーヒー一杯と煙草一本だけだったことが思い出された。

しかし、すぐに体重が減るという人参が鼻先にぶらさげられているのだ。

二人はイヴシャムに向けて車を走らせ、リンゴ、メロン、バナナ、ブドウ、キウイ、オレンジ、それに外国産の高価な〝きどった〟フルーツをあれこれ買いこんだ。

また家にとって返すと、おなかいっぱいになるまで食べ、早くも気分がとても爽快になってきたとお互いにいいあった。それからロイが牧師館から自転車を借りてきたので、二人で出かけた。澄んだ空気の中、霜のおりた道を飛ぶように走り抜けていく。沈みかけた赤い太陽が霜におおわれた草や木々を燃え立たせ、道にできた凍った水たまりを怪物の目のように輝かせはじめたとき、ようやく家に帰ってきた。最高の週末になりそうだった。

しかし、その晩の食卓には、温かい食事ではなく、フルーツとミネラルウォーターしかなかった。

「さっきいっていた提案って、何なの?」アガサはたずねた。

「ペドマンズのミスター・ウィルソンを覚えてますよね?」

アガサの目つきが険しくなった。アガサは自分のPR会社をペドマンズに売却した。経営者のウィルソンはオフィスもスタッフもそのままの形で引き継ぐという約束を破り、ロイ以外のスタッフを解雇し、オフィスを売ってしまったのだった。

「もちろんよ」

「先日、彼があなたのことを話していたんです。これまで会った中で最高の人材だったって。で、ちょうどあなたに会いに行く予定だって話したんですよ」ロイはボスの賞賛の言葉を聞いてからアガサに会おうと決めたことは、都合よく忘れていた。「ウィルソンはあなたを重役として雇いたいといってました。うちの会社はピュア・コスメティックスの宣伝をすることになっているんです。以前、あなたはあそこを担当していましたよね」

「すごくいやなやつばかりだったわ」アガサは陰気な声でいった。ピュア・コスメティックスの経営者は、気まぐれで要求の厳しい女性だった。いわば現代の奴隷監督官みたいな女だ。

「だけど、そのジェシカ・ターンブル、ピュア・コスメティックスの女性社長に、あなたはいつもうまく対処していた。ウィルソンはそうほめてたんです」

「わたしは引退したのよ。あら、あなたニキビができてるわ」

ロイは悲鳴をあげ、二階のバスルームに飛んでいった。戻ってくると、こういった。

「ニキビ面の十四歳みたいに見えますね。あなたもニキビができてますよ」

「このくだらないダイエット、もうやめましょうよ」

「だめです」ロイが語気を強めた。「これは好転反応ですよ。不純物が体内から排出されているんです」

「ニキビが出なくて、もっときれいになれれば、この馬鹿げたダイエットにも賛成できたんだけど」

「でも、すでに前よりもほっそりしてますよ、アギー」ロイはそつなくほめた。「ウィルソンの提案は、今すぐ考えなくてけっこうです。今夜はぼくが持ってきたビデオを見てから、早めに寝ましょう」

翌日、アガサは朝早く目が覚めた。空腹でいらいらしていた。階下に行き、不機嫌な顔でリンゴ六個を食べ、ミネラルウォーターを飲み、煙草を五本ふかした。ドアベルが鳴った。玄関に行き、のぞき穴からのぞくとジェームズ・レイシーの胸が見えたが、彼の姿はそれだけしか見えなかった。

アガサは両手で顔に触れてみた。ニキビのぼつぼつが指先に感じられる。ドアからあとじさった。ジェームズの訪問はうれしかったが、こんなふうにニキビだらけの顔をしてドレッシングガウン姿で会うのはいやだった。

外では、ジェームズがゆっくりときびすを返した。アガサが失礼な仕草をしたからといって、子どもじみた怒りをいつまでもくすぶらせているのは愚かだと考えて、訪ねてきたのだった。しかも、あれからずいぶん時間もたっている。自分のコテージに近づいたとき、メアリーのブロンドの頭がライラック・レーンに曲がってくるのがちらっと見えた。理由はわからなかったが、巣穴に隠れる大きな動物さながら、ジェームズは足を速めて家に飛びこんだ。数分後、しつこくドアベルが鳴らされたが出ていかなかった。仕事にとりかからなくてはならないから、そんな時間はないんだ、と心の中でいいわけをする。

ジェームズは相変わらず半島戦争の歴史について書いていた。ワードプロセッサーにディスクを入れ、しかめ面で画面いっぱいに現れた緑の文字をうんざりしながら眺めた。その文章を消し、画面をにらみつける。「事件」とだけタイトルがつけられた文章が現れた。アガサといっしょに殺人事件を解決しようとして、すべての事実を列挙し、検討したときのものだ。あのときは楽しかった。わくわくした。もしかしたらアガサはすでに新しい事件にとりかかっているかもしれない。いや、と首を振った。この近辺では誰も殺されていない。カースリーはまだ冬の眠りについていた。どうしてアガサはドアを開けなかったのだろうと、首をかしげた。外に車が停まっていたし煙突から煙がたなびいていたから、家にいるはずだ。例のロイという男が泊まっているようだ。きのう二人が自転車に乗っているのを見かけたが、恋愛感情はなさそうだった。あの男は若すぎる。それでも、若いツバメだって珍しくない現代では、何が起きるかわかったものではないが。おそらく二人は昔話に花を咲かせ、笑いあい、冗談を飛ばしあっているのだろう。わたしが退屈のあまりふさぎこんでいるときに。

「ウィルソンもペドマンズも好きじゃないわ」アガサは吐き捨てるようにいった。「フルーツもうんざり。大きなギトギトしたハンバーガーのためなら、殺人もしかねない気分よ」

「鏡を見てごらんなさい」ロイがむっとしたようにいい返した。ダイエットと、アガサを仕事に復帰させる任務のせいで、ロイもいらだっていた。「あなたはすっかり外見をかまわなくなった。たしかに、こっちでもちょっとした興奮を味わったようだが、それっきり何も起きそうもない。ねえ、決心したほうがいいですよ。ロンドンのことを考えてみてください、アギー！」

そこで、アガサはロンドンのことを、そして今ではたまに訪れるとしっくりこなくて疎外感を覚える、という現実を考えた。かつては自分の世界の中心だったロンドンなのに。

「わたしはここで幸せなのよ」アガサは反抗的にいった。「たしかに、ちょっと肉はついたけど、すぐに元に戻るわ」

「しかし、ウィルソンは初年度の年俸八万五千ポンドからでどうかといってるんですよ」

アガサは訝しげな目つきになった。

「ちょっと待って。あなた、この件についてウィルソンとすでにずいぶん話し合っているみたいね。あなたがおべっか使いのずる賢いやつだということを考えると、きっとこういったんでしょ。『ぼくに任せてください。週末にあっちに行って、彼女にうん、といわせてきますよ』おまけに、こんな大口までたたいたんじゃない？『ぼくとアギーはそういう関係ですから。彼女、ぼくのためならなんだってしてくれますよ』」

それはまさにロイがいったとおりのことだったので、彼はニキビだらけの顔を赤らめた。それから怒りだした。

「ちがう、そんなんじゃありません」ロイはわめいた。「あなたの困ったところはね、アギー、本当の友だちが目の前にいても気づかないってところです。もうそういうのにはうんざりだ。我慢できない。髭をそって、荷物をまとめます」

「どうぞ、そうしたら」アガサはロイの背中に向かって怒鳴った。「髭をそるときはニキビに気をつけたほうがいいわよ。一刻も早く追いだしたいから、オックスフォードまで乗せていくわ!」

一時間後、二人はオックスフォードに向かう道を走っていた。アガサはむっつりと黙りこんで運転した。おなかは鳴っていなかったが、嘆きの声をあげていた。ロイなんか嫌い。カースリーも嫌い。ジェームズ・レイシーも嫌い。カースリー婦人会のメンバー全員が嫌い。ミセス・ブロクスビーも嫌い……。

嫌いなリストの最後の名前を挙げていたとき、A40号線を走っていた。アガサはいきなり道をはずれ、一軒のレストランの前で車を停めた。

「どういうつもりですか?」村を出てから初めてロイが口をきいた。

「わたしはケチャップをたっぷりかけた特大のハンバーガーを食べるつもりよ。あなたはわたしが食べるのを見ていてもいいし、つきあってくれてもいいわ。お好きなように」

ロイはアガサのあとからレストランに入っていき、彼女がコーヒーと〝特大の〟ハンバーガーと〝大盛り〟のフライドポテトを注文するのを憮然として眺めていた。それから、こわばった甲高い声で、ロイはウェイトレスにいった。

「ぼくも同じものを」

食べ物が運ばれてくると、二人はわきめもふらずに食べ進んだ。それからアガサはせっかちにウエイトレスをまた呼びつけた。「おかわりをお願い」

「ぼくもおかわり」ロイはいってから、いきなりげらげら笑いだした。

「つんけんしてごめんなさい」アガサがいった。「もうダイエットに我慢できなかったの」

「気にしないで、アギー。ぼくもちょっと不機嫌になってました」

「ウィルソンには提案してくれたことにお礼をいって、じっくり考えてみると伝えてちょうだい。それから――」アガサは椅子にもたれ、脂でギトギトになった唇をふくと、小さなげっぷをした。「わたしが誰かのために何かするとしたら、それはあなただけだって伝えて」

「ありがとう、アギー」

「ついでに、ロンドンまで送っていくわ。チョコレートソースがたっぷりかかっていて、アイスクリームを添えた大きなチョコレートケーキにつきあってくれるならね」

「いいですとも」

レストランを出るとき、二人は陽気に笑いさざめいていた。まるで、お酒でも飲んでいたみたいに。ロンドンまでずっと歌い続け、ジョークを飛ばし、アガサはチェルシーのロイの部屋の外で彼を降ろした。

「ロンドンに泊まっていかないんですか？」ロイがいった。

「ええ、猫にえさをやらないと。家に帰らなくちゃ」

「あれ、ニキビが消えてますよ」

「そうみたいね」アガサはバックミラーで確認しながらいった。「こってりしたハンバーガーほどお肌にいいものはないのよ」

カースリーに帰ってきたとき、アガサはすっかり気分がよくなっていた。その晩は、牧師館のカースリー婦人会の会合に出席するつもりだった。キッチンに入っていき、フルーツが山盛りになったボウルを目にすると、ぶるっと身震いをした。会合ではサンドウィッチとフルーツケーキと、たぶんミス・シムズのチョコレートケーキがふるまわれるだろう。思い切り食べるつもりだった。こうなったら、スタイルは二の次だ。

牧師館に着いて、ひと切れ目のハムサンドウィッチに手を伸ばしたとき、自分がもうロンドンでは暮らしたくないのだと、ようやく気づいた。今日だって、掃除の女性はコテージの鍵を持っているから、ロンドンに泊まるといえば喜んで猫にえさをやってくれただろう。時代は変わったのよ、とアガサは思った。牧師館でのお茶とサンドウィッチが、ロンドンが提供してくれるどんなものよりも優先されるようになったのだ。

そのときメアリー・フォーチュンがフランス香水の香りをまき散らしながら部屋に入ってきた。オーダーメイドのパンツ、シルクのブラウスとジャケット姿の彼女は、スリムでいてグラマーだった。身につけるものはいつもグリーンで、他の色は一切着ないようだ。

口いっぱいにサンドウィッチを頬張ったまま、アガサははいているスカートのきつさを情けない気持ちで意識した。メアリーを見ると、ますます自分がおデブに感じられる。メアリーは自分で焼いたケーキを持ってきていて、女性たちはうれしそうに味見していた。メアリーは自分で焼いたケーキ（ヴィクトリア時代の有名な家政書にレシピが載っているキャラウェイの種を入れた伝統のケーキ）だわ！なんて賢いの！　たぶんもう誰も焼き方を覚えていないと思ったのね。メアリーは絶賛の言葉を受けながら、笑顔をふりまいていた。アガサの隣に空いた席を見つけると、やってきて隣にすわった。

「ガーデニング・クラブに入ってくださってうれしいわ」メアリーは魅力的な微笑を浮かべていった。

「わたし、温室を注文したのよ」アガサはいった。「今年は自分で植物を育てるつもりなの」

「よかったら挿し木を差しあげるわ」

挿し木をどうしたらいいのかまったく知らなかったが、とりあえずお礼の言葉をつぶやいた。メアリーはどうにかしてアガサに気に入られようと努力しているようだった。霜にやられた植物が太陽めざして伸びていくように、自分に向けられた温もりに手を伸ばせるようになった新しいアガサ・レーズンは、しだいに愛想よく応じはじめた。気がつくと、明日の朝、コーヒーを飲みにきて、とメアリーを招いていた。

会合はケータリングの相談で始まった。毎年恒例のガーデニング・コンテストのあと、カースリーの庭は一般公開され、慈善のための寄付金が集められる。学校の講堂でお茶を出したいのだが、と婦人会はガーデニング・クラブから相談を持ちかけられていた。いつも物事の中心になりたがるアガサだが、今回は口を閉じていた。すべてのエネルギーを自分の庭のためにとっておこうと決めたのだ。

わたしの庭をたくさんの人が観にきてくれ、口々にほめてくれたら、隣のジェームズ・レイシーの庭はくすんで見えるだろう。村のどんな庭も色あせて見えるほど、見事な庭にしてみせるわ。ジェームズが賞賛で顔を輝かせているさまが目に浮かぶようだった。

翌朝になって、メアリーを招待しておいたことを思い出した。気合いを入れたおしゃれはしないことにした。着心地がいい、だぼっとしたスカートに、ふんわりしたブラウスのすそを出して着た。

しかしメアリーがやってくると、少しはおしゃれをすればよかったと後悔した。メアリーは体にぴったり貼りつくグリーンのウールのドレスを着ていて、でっぱるべき場所だけがでっぱっていた。その上にグリーン系のツイードのゆったりしたコート。凍てつくような寒さにもかかわらず、グリーンのとてつもなく高いヒールのサンダルとストッキングをはいている。

メアリーは肩にはおっていたコートを脱ぐと、椅子にかけた。

「なんてすてきなお住まいなの、ミセス・レーズン」室内を見回しながらほめた。

「お互いにもっとよく知り合える機会が持ててうれしいわ。カースリーはとても居心地がいいけど、このあたりの人たちはあまり旅行もしていないでしょ。それどころか、モートンの市場に出かけるのですら、大きな冒険って感じよね」

「あなたはアメリカで長いこと暮らしていたんでしょ」村の他の女性たちと異質の人間だと思われるのは心外だと、初めてアガサは感じた。

「ええ、ニューヨークでね」

アガサは漠然とカリフォルニアがフェイスリフトの中心地のように思っていたが、おそらくニューヨークにも美容整形外科医がたくさんいるのだろう。メアリーの顔は人工的だった。もっとも、メアリーの若さはフェイスリフトのおかげだと嫉妬心からわたしが信じたがっているだけかもしれないけど。

「コーヒーを淹れたところなの」そうアガサがいったとき、ドアベルが鳴った。

玄関に出ていきドアを開けると、ジェームズ・レイシーが階段に立っていた。とっさに、メアリーがここに入っていくのを見かけて訪ねてきたのだと思った。

「どうぞ」そっけなくいった。「メアリーが来てるわよ」

そしてすぐにそっぽを向いたので、ジェームズの目に浮かんだ、いささかうろたえた表情に気づかなかった。キッチンで、コーヒーカップ、温め直したデニッシュ、皿とナプキンをトレイにのせながら、ジェームズ・レイシーのことはもうきっぱりあきらめようと決心した。それでも、二階に駆けあがって、もっと華やかな服に着替えたいという思いが胸をチクチク刺した。

アガサが部屋に入っていくと、ジェームズは礼儀正しく立ちあがってトレイを受けとり、テーブルに置いた。なぜか気まずい沈黙が続いた。わたしが部屋を出ていた短い時間に二人は何を話していたのかしら、とアガサは思った。薪がはぜ、スプーンをソーサーにのせる小さなチャリンという音が響き、外からはムクドリの鳴く重苦しく陰鬱な長い冬の調べが聞こえてくる。

「長居はできないんです」ジェームズがいった。「お元気かと思って、ちょっと寄っただけで」

「今朝はお客さまが多いわね」またドアベルが鳴ったのでアガサはいった。

ドアを開くとビル・ウォン部長刑事だったので、驚くと同時に、うれしかった。

「あなたが戻ってきたと風の便りに聞いたので」ビルは陽気にいった。「入ってもいいですか？」

「どうぞ」アガサは青年をぎゅっと抱きしめたくなったが、柄にもなく恥ずかしくてできなかった。「ジェームズと、新しく越してきたメアリー・フォーチュンが来ているのよ」

ビル・ウォンが入っていくと、メアリーは顔を上げた。彼女が目にしたのは、東洋系のいかにも目はしの利きそうな顔つきをした、小柄で小太りの男だった。

アガサがもうひとつカップをとりに行くと、ビルがキッチンまでついてきた。

「ライヴァルですか、アガサ？」小さな声でたずねた。

アガサが〝わたしの事件〟と呼ぶできごとのおかげで二人はとても親しくなっていたが、その言葉はさすがにいきすぎに思えた。

「何をいいたいのか、わからないわ」

「いいえ、もちろんわかってるでしょう」ビルはいって、彼女からカップを受けとった。

「あなたまで、もうじきフェイスリフトをやるつもりじゃないでしょうね」

アガサはにやっとした。「ねえ、あなたのことをすごく好きだということを忘れそうになってたわ」

なぜかビルがいるだけで、アガサはメアリーとジェームズに平静に対応できた。ビルをメアリーにきちんと紹介してから、今どういう仕事を担当しているのかと熱心にたずねた。

「いつものありふれた任務ですよ。あなたがしばらく留守にしてくれたおかげで、誰も殺されていませんよ、アガサ。しかし、近隣の村で泥棒が頻発しています。バーミンガムやロンドンから高速道路でやってきた泥棒たちが、このあたりの村は簡単に餌食にできると知ったんです。村の人々は防犯や防犯警報器に興味がないし、いまだに車をロックせず、ドアも開けっぱなしにしている。あなたはちゃんと防犯してますけどね、アガサ。防犯装置をつけたのは、実に賢明でしたよ」

「たぶん、アガサにならったほうがいいのかもしれないな」ジェームズがいった。

メアリーが小さな笑い声をあげた。

「でも、お金がうなるほどある人ばかりじゃないわ。わたしは今後も人間性を信じるつもりよ」

「アガサだってお金がうなるほどあるわけではありませんよ」ビルが語気を強めた。「それに、アガサが防犯装置をとりつけたのは、自分の命が脅かされたせいですから、あなたの意見は見当はずれだと思いますね」

メアリーはお得意の〝ちょっとした毒舌〟をたしなめられることに慣れていないにちがいない、とジェームズは思った。考えてみれば、メアリーは意地悪ととられかねないことをしょっちゅう口にしていることに、驚きとともに気づいた。メアリーに夢中になるなんて浅はかな真似をしたものだ、とジェームズは感じはじめていた。

メアリーはうっすらと頬をピンクに染めて、すぐさまいい返した。

「アガサのことをいったわけじゃないわ。どうしてそんなふうに考えるの！　あなたのことをいったなんて、まさか思わなかったでしょ、アガサ？」

「いえ、思ったわ」とアガサ。

メアリーはきれいにマニキュアをした手を謝罪するように広げた。

「これ以上どういったらいいの？　ごめんなさい、ごめんなさい、ごめんなさい」

「謝罪を受け入れたわ」アガサはぼそっといった。

「いつ温室が届く予定なの？」メアリーがたずねた。

「今日よ。もうじき」

ビルは細い目におもしろそうな表情を浮かべてアガサを見た。

「真剣にガーデニングをするつもりなんですね。初耳ですよ」

「腕試しをしてみようかなと思って。ガーデニング・クラブにも入ったのよ」

ビルはふざけて、勘弁してくれといわんばかりに両手をあげた。

「誰かが殺される予定だから、なんていわないでくださいよ。まさかコンテストに出品するつもりじゃないでしょうね」

「あら、どうしていけないの？」メアリーがびっくりしてたずねた。「出品するのも楽しみのひとつでしょ。毎年恒例のコンテストはとても和気藹々《あいあい》とした催しらしいわ」

「なにしろ、アガサがクラブに入るのは初めてですからね」

「執筆は順調に進んでいるの？」アガサはジェームズに向き直った。ビルにこのまま話をさせたら、村のキッシュ・コンテストでずるをしたことをばらすのではないかと、はらはらしていた。

「あまり」ジェームズはいった。「必死に取り組もうとしているんですが、その一方で電話やドアベルが鳴って、誰かが気分転換に誘ってくれないかと祈ってるありさまでしてね。温室はすぐに使う予定ですか、アガサ？」

「ええ、育苗箱を買ってきて、何か植えるつもりよ」

「そうだ」ジェームズがいった。「いっしょに種苗園に行きましょう。選ぶのを手伝いますよ」

アガサは目を輝かせたが、メアリーが口をはさんだ。

「じゃ、みんなで行けばいいわ」

「ともあれ、連絡をください」ジェームズは立ちあがった。

「わたしも失礼したほうがよさそうだわ」メアリーはコートをとりあげた。「おいしいコーヒーをごちそうさま。たぶん、〈レッド・ライオン〉でまたお会いするわね。行きましょ、ジェームズ」

ジェームズはたちまち、また腰をおろしたくなった。それでもメアリーと出ていった。アガサは不要なほどの力をこめてドアをバタンと閉めると、ビルのところに戻ってきた。

「見目麗しいカップルですね」ビルが嫌味にもそういった。

「さっさとコーヒーを飲んだら」アガサは不機嫌に応じた。

「あなたをからかっているんですよ。ジェームズは実はあの女性を好きじゃないようだ」

「だけど、二人はとても親しいみたいよ！」

「以前はそうだったかもしれない。でも、今はちがいますよ。気楽にかまえていらっしゃい、アガサ。友人としてジェームズに穏やかに接していれば、彼はまた戻ってきますよ」

「もう興味を持たないことに決めたの。だって、ジェームズがメアリー・フォーチュンのような女性が好きなら、それをいつも思い知らされて不愉快だもの」

ビルは首を振った。「あなたはジェームズのことをまだよく知らないでしょう。おや、またドアベルが鳴ってますよ」

アガサは玄関に飛んでいった。もしかしたらジェームズが戻ってきたのかもしれない。しかし、温室を運んできた作業員だった。

ビルはまた来ると約束して、作業員の対応に追われるアガサを残して帰っていった。

その日の終わりには、小さな新しい温室がアガサの庭のはずれで輝いていた。アガサは隣に走っていって、明日、種苗園にいっしょに行くように頼みたいという気持ちを抑えつけた。メアリーもいっしょに行きたがっていたから誘おう、といいだすかもしれない。

そこで〈レッド・ライオン〉に出かけた。その晩、パブはすいていた。アガサは何人かの地元の住人としゃべりながらも、ジェームズ・レイシーの長身の姿が現れないかと期待して、しじゅうドアの方に視線を向けていた。

とうとうほろ酔いになって家に帰ると、落胆しながらベッドにもぐりこんだ。

翌日、アガサは自分が太り、老けて、とんでもなく不細工になった気がしていた。悲しい気分で地元の種苗園に一人で行き、アドヴァイスをしてもらって、種子の袋、育苗トレイ、それに指示を書き留めたメモを持って家に帰ってきた。キク、ダリア、リゴレット。それからアフリカン・デイジー。夜までにはハイビスカスとディスコ・ベルと呼ばれる植物の種もまき終わっていた。実はハイビスカスとキクは二月に種をまき、五月に外に植え替える、そしてアフリカン・デイジーは三月に種をまくように、と指示されていた。しかし、この作業は心が安らぐし、そろそろ二月も終わりだからもう種をまいても問題ないわ、とアガサは考えたのだった。そして、五月になったら一気に外に植え替えるつもりだった。

隣のジェームズは、温室でかがみこんでいるアガサの姿を目にした。手伝いを求められなかったので、がっかりしていた。

3

春がじりじりとコッツウォルズに近づいてくるにつれ、アガサはウィルソンの仕事の提案について、しばしば考えるようになった。ついにはウィルソン自身が電話をかけてきたので、アガサは秋になったら仕事を始めてもいい状況になるかもしれない、と答えた。というのも、秋にはガーデニングのシーズンが終わっているはずだからだ。それから、最初は躊躇《ちゅうちょ》したが、いつのまにかメアリーと友人づきあいをするようになっていた。彼女はいつも愛想がよくて喜んで手を貸してくれたし、ジェームズ・レイシーとの親密な関係も終わったように見えた。

村の庭々では水仙が満開になり、ついでフジの花がしだれ、たわわに花をつけたライラックの香りが漂ってきた。とても厳しい春だったので、氷雨と凍てつく突風の中で花が咲くこと自体が信じられなかった。アガサは五月の最初の日に、苗を外に植え替えるつもりだった。種苗園からさらに買いこんできた苗も、温室の〝自宅で育て

た〟苗のかたわらで出番を待っていた。

五月祭が行われる月曜は、トンボーラ（富くじの一種）の屋台を手伝うとミセス・ブロクスビーに約束していた。前日の日曜が五月の最初の日になる。

四月二十九日の金曜に、アガサに冷たい態度をとりすぎた、とジェームズは結論を出した。アガサはこれまで数え切れないほど何度もコーヒーをふるまってくれ、ケーキを持ってきてくれた。いっしょにいくつもの冒険をした。アガサが休暇でいないあいだ、メアリー・フォーチュンを何度かディナーに誘ったのに、アガサには一度も声をかけていないことで良心がとがめた。アガサが自分に気があると思ったので、避けてしまったのだ。しかし、アガサの行動はごくありふれた近所づきあいだったのだろう。実際、あれっきり一度も訪ねてきていない。

そこで金曜の朝、ジェームズはアガサの家のドアベルを鳴らし、顔を紅潮させたアガサに――まだドレッシングガウン姿でいたので赤くなっていたのだった――今夜、モートンの新しいレストラン〈ゲーム・バード〉のディナーに行かないかと誘った。

たちまちガーデニングのことを忘れ、アガサは丸一日、準備に費やした。うれしいことに、ほどほどのダイエットとガーデニングのおかげで、はっきりと効果が表れていて、今ではどのドレスもきれいに体に合うようになっていた。ただ、グリーンのドレスには顔をしかめた。絶対にグリーンは着ないわ。メアリーはグリーンしか着ない。ひとつの色ばかり着る女性の精神というのは、どうなっているのかしら、とアガサはなんだか不思議だった。オックスフォードに行き、髪をカットしセットしてもらった。新しい化粧品を買った。新しいハイヒールも買った。そしてオックスフォードから帰ってきたとき、身支度の時間が一時間しかないことに気づいた。予定では自分を磨きあげるのに二時間かけるつもりだったのだ。

身支度を終えたとき、ドアベルが鳴った。ジェームズが十分早く来たのかと思ってドアを開けに行った。ところが、メアリーがまたもやグリーンの服を着て立っていた。グリーンのブラウス、グリーンのジャケット、グリーンのスラックス、グリーンの革のハイヒールサンダル。ぴったりした黒いドレスにゴールドのアクセサリーをつけ、ドア越しの光に短い茶色の髪を輝かせている新しいアガサ・レーズンに、メアリーは目をぱちくりした。

「パブに行かない？」メアリーは誘った。

「だめなの」アガサは楽しげにいった。「ジェームズとディナーに出かけるから」

メアリーの青い目からすっと表情が消えた。彼女は小さな笑い声をあげた。

「じゃ、明日は？」

「七時にお店で待ってるわ」アガサはいった。メアリーはそのまま立っていたが、ジェームズとすばらしい約束をしているのに、メアリーを招じ入れて彼が迎えにきたときにメアリーまでついてくるという危険を冒すつもりはなかった。

「じゃ、また明日の晩に」アガサは明るくいうと、バタンとドアを閉めた。

それから玄関ホールで焦燥感に苦しめられながら待った。メアリーがジェームズを訪ねたら？　二人でいっしょにやってきたら？　ジェームズが「メアリーもいっしょに来ることになったよ」といったら？　あるいは……。

ドアベルが鳴り、飛びあがった。指を重ねて祈りながらドアを開けると、ジェームズが一人で立っていたのでほっと安堵の吐息をもらした。上等な仕立てのダークスーツを着て、胸がキュンと痛くなるほどハンサムだった。

「どちらの車で行く？」アガサはたずねた。「つまり、どちらがお酒なしで過ごす？」

「どっちでもないですよ」ジェームズはにっこりして、小道を振り返った。「タクシーがちょうど来たみたいだ」

アガサは喜びのあまり急に内気になり、タクシーの後部座席にしゃちほこばってジェームズと並んですわった。ミセス・メイスンが道の角で立ち止まり、タクシーが通り過ぎるときに二人を興味しんしんで眺めていた。それから彼女は〈レッド・ライオン〉の方に向かった。真夜中までには、ジェームズ・レイシーがアガサ・レーズンとタクシーで出かけていったことを知らない人間は、カースリー村にほとんどいなくなるだろう。

アガサは仕事で成功してからじょじょにおいしい食べ物の味がわかるようになっていたものの、ジャンクフードでもそこそこ満足していた。ただし、ぼったくりをする飲食店に対しては、とても目が利いたので、優雅な邸宅風の雰囲気の〈ゲーム・バード〉に入っていったとき、浮き立った気持ちに影が差した。もっとも、店の雰囲気は落ち着いていて、くつろげるものだったが。二人は小さなバーで、ごうごう燃える暖炉の前に置かれたチンツのカバーがかかった肘掛け椅子にすわって、食前酒を飲んだ。たぶん、ダイニングのテーブルクロスがナプキンともどもピンク色のせいだわ、とアガサは思おうとした。ピンクのテーブルクロスを好むレストランには、必ずどこかうさんくさいところがあるからだ。

テーブルにつくと、巨大なメニューが差しだされた。まるでカルテのような手書き文字で、ほとんど判読不能だった。

値段がとても高かったので、アガサはまばたきをした。しかし、何週間にもわたるダイエット――フルーツダイエットではなく、たんに以前より食べる量を減らしただけだったが——とガーデニングでとても空腹だったので、今夜は思い切って羽目をはずすことにした。前菜にブイヤベースと、五月はジビエにはいい時期じゃないよとジェームズに小声でいわれたにもかかわらず、メインに〝鹿肉の特製料理〟を頼んだ。

「あら、最近では養殖の鹿肉もたくさん出回っているのよ」アガサはいった。

二人は村の人々の噂話をし、ジェームズは自分も苗を外に植え替えるつもりだといった。そこへブイヤベースが運ばれてきた——シーフードはまったく入っていない——おまけに添えられたメルバトーストはひと切れだけで、とても小さなボウルに入れられている。

ジェームズは少量のパテを注文していたが、小皿に美しく盛りつけられていた。今夜はいい人になって騒ぎ立てるまいと決心して、アガサはおとなしくスープを飲んだ。飲み終えたときもまだ空腹だったが、鹿肉に期待することにした。フランスのモンラッシェだというワインは、アガサの洗練されていない舌にすら薄く、酸っぱかった。

やがて鹿肉が運ばれてきた。きれいにかたどられた野菜に囲まれた、ちっぽけな肉片に、クランベリーソースがかかっていた。庶民的でカロリーの高いフライドポテトは添えられていなかった。

「おいしそうですね」ジェームズが心をこめていった。少し心がこもりすぎている感じがした。彼は鴨肉のオレンジソース添えを注文していた。

アガサは鹿肉にとりかかった。ひと切れ口に入れたとたん、最悪の不安が的中した。こんなに筋だらけの肉は食べたことがない。アガサの胃袋が失望のうめき声をあげた。

アガサはプツンと切れた。

いらだたしげに給仕頭を呼んだ。

「はい、なんでしょうか？」彼はテーブルにかがみこんだ。

「教えていただきたいんだけど」アガサは押し殺した声でいった。「これはどこの部位かしら？　ひづめ？　膝？　目のあいだ？」

「もしかしたらお客さまは鹿肉に慣れていらっしゃらないのでしょうか？」

心の底で、アガサの労働者階級の魂がひるんだ。だが、怒りが爆発した。

「ごまかさないでちょうだい。これは筋の塊よ。それに、つけ加えておくけど、あのブイヤベースはぼったくりだったわ」

「あきれたわ」アガサの後ろのテーブルで、辛辣な顔つきの女性が上流階級らしい声でおののいたようにいった。「このあたりもまた観光シーズンに入ったのね」

アガサはさっと振り向いた。「お黙り」軽蔑をこめていった。それから、クマのような目を給仕頭に戻した。「このしろものはクソだって断言できるわ」

その声は大きすぎた。店内の全員が話をやめ、アガサをまじまじと見つめた。アガサは顔が真っ赤になった。

「鹿肉のことはわからないが」ジェームズが穏やかに口をはさんだ。「この鴨肉は古いブーツみたいに硬いし、電子レンジで温め直したようだね」

「経営者を呼んできます」給仕頭が感情のこもらない声でいった。

「ごめんなさい、ジェームズ」アガサはみじめな気分でつぶやいた。

ジェームズはテーブル越しに手を伸ばし、アガサの鹿肉をフォークでおそるおそる突いてみた。

「うん、あなたのいうとおりですよ。これは筋の塊だ。ほら、わたしの予想がはずれていなければ、あれが経営者ですよ」

巨漢が二人のテーブルにやってきた。彼は大きな胴体に、驚くほど小さな頭をしていた。

「あんたらみたいな輩《やから》は知っているよ」彼はイタリア訛りでいった。「とっとと出ていけ。金を払いたくないんだろ。だから、お代はけっこうだ」

「支払いはどうでもいい」ジェームズが怒りを抑えた声でいった。「きみがこれをさげて、まともな食べ物を運んできてくれるならね」

経営者は死刑判決を受けた『スタートレック』のクリンゴン人のような雄叫びをあげると、テーブルクロスの四隅をつかみ、テーブルの一切合切といっしょに持ちあげた。それを肩にかついでワインとグレイヴィーソースを分厚い背中に滴らせながら、調理場にドスンドスンと歩み去った。

「もう行こう」ジェームズがいった。彼は立ちあがると、手を差しのべてアガサを椅子から立たせた。

屈辱にまみれながらアガサは外に出た。満天の星空だった。せっかくの夜をだいなしにしてしまったばかりか、ロマンスの期待もつぶしてしまった、と苦悩する一人の中年女性の心中も知らぬげに、フォス街道のはるか上で星々は冷たく瞬いている。そのときジェームズが笑っていることに気づいた。彼はレストランの外壁にもたれ、げらげら笑っていた。それから街灯の光に目をきらめかせながら、彼はアガサを見下ろした。「ああ、アガサ・レーズン。怒ったときのあなたって大好きですよ」

するとふいに、夜空の星がくるくる回りだし、フォス街道はパリのシャンゼリゼ通りになり、世界はまた若返った。そして、アガサ・レーズンは若くてきれいで魅力的な女性に戻った。

アガサはにっこりした。「隣のパブに行って、ビールとサンドウィッチをいただきましょう」

コッツウォルズのほとんどのパブは、時の流れと何世紀にもわたる恵まれた暮らしをしのばせてくれる、居心地のいい場所だった。サンドウィッチはおいしく、ビールも味がよかった。二人は旧友同士のようにくつろいでしゃべった。アガサはできるだけお行儀よくするように気を遣った。

「またこんな機会を持ちましょう」家に帰るためにタクシーを呼ぶと、ジェームズはいった。「結局、とても安くついた夜でしたね」

そしてアガサは数分後、タクシーに彼と並んですわりながら、何かに執着すると決して満足することがないのだと実感していた。今夜ディナーに誘われたとき、自分はジェームズとまた友人になりたいだけだと思っていた。そう思いこもうとした。しかし今、タクシーの暗がりで肩に腕を回してキスしてほしいと願っている。その願いはあまりにも強烈だったので、呼吸が荒くなるのが感じられるほどだった。短いタクシーの旅が終わり、ジェームズがコーヒーを断り、明日またパブで会おうといったときには、残念ではあったがほっとしてもいた。

ベッドに入ったとき、アガサの心は歌っていた。ジェームズのすべての言葉、すべてのまなざしを思い返しながら眠りについた。

ミセス・メイスンが翌日訪ねてきたので、アガサは現実に引き戻された。

「ミスター・レイシーとタクシーで出かけるところを見かけたわよ」ミセス・メイスンは大きなお尻をリビングの肘掛け椅子に居心地よくすえると切りだした。

「ええ、すてきな夜を過ごしたわ」

「どこに行ったの？」

「モートンの新しいレストランよ、〈ゲーム・バード〉っていう」

「あの人は女性を連れだすときはもてなし上手ですものね」ミセス・メイスンはいった。「その店、かなり高いんでしょ」

「どういうこと？　もてなし上手って」

「ミセス・フォーチュンをブロードウェイの〈リゴン〉に二度は連れていってるし、オックスフォードの〈ランドルフ〉にも連れていってるのは有名よ」

アガサは愕然とした。あの最悪のディナーは、ジェームズがメアリー・フォーチュンと何度も楽しんだおいしくて高価なディナーとは比べものにならないのでは？　二人がオックスフォードまで長いドライブを楽しんでいるところを想像した。ゆうべの華やぎはすっかり色あせてしまった。おまけに、意外にもメアリーのことを好きだということにも気づいた。メアリーはとてもいい友人になっていた。もしかしたらジェームズに対してささやかな期待すら抱かないほうが潔いのかもしれない。もっとも、ジェームズは最近メアリーにはまったく関心を抱いていないようだったが。

ミセス・メイスンがいっていることを聞き流していると、いつのまにか教区の話題になっていたが、アガサは今夜〈レッド・ライオン〉に行くべきかどうかということで頭がいっぱいだった。もしかしたらこの村での生活を引き払って、ロンドンの仕事に戻ってもいいかもしれない。ウィルソンの提案について、まだノーとは答えていなかった。彼は先日もまた電話をしてきて、説得にかかった。しかし、ミセス・メイスンのでっぷりした体つきを眺めながら、おしゃべりするためにロンドンの部屋を訪ねてきてくれる友人はいそうにもない、と思った。それどころか、ロンドンには友人など一人もいなかった。

ミセス・メイスンが帰ったあとで、アガサは庭に出ていった。庭は苗の移し替えに備えて、きれいになっていた。白い大きな雲がコッツウォルズの丘陵を流れていくうららかな日だった。そうね、パブに行こう。でも、ジェームズ・レイシーに会うためではなく、たんにいろんな人に会っておしゃべりをするためよ。

しかし、その晩、アガサは念入りに身支度をした。ただし村のパブに行くにしてはドレスアップしすぎているように思われたくなかったので、結局、やわらかな深紅のシフォンのブラウスに、短い黒のタイトスカートを合わせ、適度な高さのヒールの黒いスエード靴をはいた。卵白で一時的なフェイスリフトもした。これは笑いすぎなければ、とても効果がある方法だ。そして、パブの方に歩いていった。ジェームズの家には誰もいないように見えた。もうパブに行っているにちがいない。

舞台に出るような気分で、パブのドアを開け、紫煙の漂う梁の低い店内に入っていった。ジェームズはバーカウンターに立って、ガーデニング・クラブの議長ミスター・バーナード・スポットとしゃべっていた。ジェームズはアガサにやあ、と声をかけ、ジントニックをごちそうしてくれた。お酒をひと口すすり、ジェームズがバーナードと交わしていたダリアについての会話に、どう口をはさもうかと考えていたとき、ドアが開いてメアリー・フォーチュンが現れた。アガサは嫉妬による胸の痛みはこれまでにも経験してきたが、これほど強烈なものは初めてだった。卵白を塗ったばかりのように、顔がこわばるのを感じた。

メアリーは短い白いジャージーのドレスに、ゴールドのアクセサリーをつけていた。ドレスは完璧な体の曲線をきわだたせている。メアリーがグリーン以外の服を着ているのを見たのは初めてだった。ドレスのスカートはとても短く、ハイヒールのストラップサンダルをはき、濃い色のストッキングに包まれた長い脚がすっかり見えていた。金色の髪が照明で輝いている。目はとても大きく、深いブルーだった。メアリーがこれほど華やいで見えたことはなく、ふいに店内には賞賛の沈黙が広がった。ジェームズも黙りこんで、心から賛美するまなざしでメアリーを見つめている。ああ、胆汁のように苦い嫉妬がアガサの胸にこみあげてきた。ふいに自分が年老いて縮んでしまったように感じられた。

ジェームズがようやく声を発した。

「メアリー」温かい声だった。「何を飲みますか？」

「カンパリソーダをお願いね、ダーリン」

メアリーがジェームズの腕に手をからめ、親しげに微笑みかけたので、アガサは彼女をひっぱたきたくなった。老バーナードはネクタイをひっぱり、うっとりとメアリーを見つめている。

「何を話していたの？」とメアリーがたずねた。

「明日はわたしの大切な日なの」アガサは宣言した。「苗を外に植え替えるつもりなのよ」

「まあ、わたしならしないわ、アガサ」メアリーが叫んだ。「日曜の夜にひどい霜がおりるんですって。わたしは天候が落ち着くまで待つつもりよ」

上から目線だと感じたのは、アガサの想像力のせい、それとも本当にそういうふうに口にされたのだろうか？

「霜のことは何も聞いていなかったわ」アガサは頑固にいい張った。

バーナード・スポットは八十代の長身でやせた男だった。薄くなった茶色の髪を整髪剤で固めて頭皮になでつけている。大きな尖った鼻をしていて、誰であれ、話している相手をその鼻で威嚇した。彼はアガサの鼻先でたしなめるように指を左右に振った。

「メアリーのいうことに耳を貸したほうがいい。彼女は専門家だからね」

「たしかに」ジェームズがつぶやいた。

アガサは謎めいた微笑とおぼしきものを浮かべた。それっきり、その夜はアガサにとって悲惨なものになった。これまでガーデニングをしたことがないので、耳慣れないラテン語の名前が飛び交う会話にほとんど口をはさめなかった。そこでアガサはずっと黙りこくって立っていた。そのかたわらで、さまざまな名前がやりとりされ、議論された。オーガニックの肥料の名前もあった。メアリーが会話の主導権を握り、アガサはのけ者にされていた。とうとう、掃除の女性ドリス・シンプソンが夫といっしょにカウンターの隅にすわっているのを見つけ、失礼とつぶやいてアガサは二人に合流した。

だがドリスがこういったので、アガサの燃えるような嫉妬心はよけいに煽られた。

「今夜のミセス・フォーチュンは映画女優みたいですね」

アガサはメアリーとは関係のない会話をしようとして、村の噂についてしゃべっていたが、そのあいだじゅうずっと、ジェームズが頻繁にあげるほがらかな笑い声に耳をそばだてていた。

ふいに、もう耐えられなくなった。アガサは立ちあがって、いきなり「おやすみなさい」と告げた。そして、左右に目もくれずにパブを出ていった。

ドリスは夫を見て、眼鏡の奥で目をすがめてこういった。

「次にこの村で起きる殺人は、アガサが手を下すものかもしれないわね」

アガサは穏やかな星空を見上げながら家に帰った。夜の空気は頬に心地よかった。

たしかに、冷えこんでいる。でも明日、苗を植え替えるつもりだった。何をいわれようと、中止するつもりはないわ！

翌日は晴れて暖かかった。半袖のブラウスを着るほど暖かかったので、アガサはハミングしながら、雑草をきれいに抜いておいた花壇に繊細な緑の苗を植え替えた。しみじみとした満足感が広がった。ガーデニングの頂点に上りつめたような気がした。ガーデニング愛好家の困った点は、あらゆることに科学を適用しようとするところよ。実はこんなに単純なことなのに。

日が沈む前に、アガサは庭を見回した。コッツウォルズの丘陵の向こうに大きな赤い太陽が沈んでいくと、ふいに寒気を感じた。空をにらみつけた。まさか霜がおりることはないわよね？　大半の英国の大衆と同じように、アガサは天気予報がしじゅうはずれると文句をいっていたが、当たっているときのことは忘れていた。

太陽が見えなくなり、庭から光がなくなり、植物の緑が見分けられなくなるまでアガサは庭先に立っていた。あたりはとても静かで穏やかだった。犬がどこか丘の上の方で鳴いた。その突然の騒音は、そのあとの静寂をいっそうきわだたせた。

アガサはとまどっている雄牛のように頭を振った。そろそろ夏だわ。霜といっても、空気が冷えこむ程度で、冬のあいだコッツウォルズをおおっていたガチガチの白い霜のはずがない。

アガサは屋内に入った。テレビでも見て早く寝よう。朝六時に目覚まし時計をセットしておこう。きっと暖かい日が待っているにちがいない。


六時に目覚まし時計が甲高く執拗に鳴ったとき、アガサは寝ぼけまなこでそれを見つめた。まず、空港に行かなくては、と思った。前回六時にセットしたときは、そうだったのだ。それから記憶が甦った。上掛けをはねのけ、庭を見晴らす窓辺に近づき、深呼吸してカーテンを開けた。

白！　どこもかしこも。厚い白い霜が、淡い灰色の夜明け前の空の下に広がっている。のろのろと植物に目を向ける。絶対にもちこたえるはず。やきもきすることはないわ。ベッドに戻り、太陽が昇って万事うまくいくのを待つことにしよう。やがて不安にもかかわらず、ぐっすり眠りこんでしまい、九時まで目が覚めなかった。起きてもすぐに窓から外をのぞかないようにした。シャワーを浴び、ガーデニング用にしている古いスカートとブラウスに着替えてから、階下に行き、勇気をふるって庭に出ていった。太陽がさんさんと射していて、霜は解けかけていた。そして、アガサがきのうあんなに愛情こめて植えた植物は、一本残らずしおれ、黒ずみ、小さな哀れな姿をさらしていた。

誰かに助けを求めたかった。だけど、誰に？　村じゅうに失敗が知れわたるのはごめんだ。ジェームズは絶対に誰にもいわないだろうが、メアリーの忠告を聞くべきだったと非難するかもしれない。そんな言葉は聞きたくなかった。

そのときロイ・シルバーのことを思い出した。家に入っていき、ロンドンの番号に電話した。

ロイは銀行休業日だったので仕事が休みだった。アガサの電話でベッドからひきずりだされたと文句をいった。

「聞いて」アガサはロイの文句を乱暴にさえぎった。それから霜がおりたことと、アドヴァイスに従わなかったことについて説明した。「わたしは失敗したガーデニング愛好家になりそうなの」アガサは訴えた。

「だめ、だめ、だめ。そんなにとり乱していては解決になりませんよ。いまや狡猾さが求められているんです。徹底した狡猾さが。あなたは単純な村のやり方に慣れてしまったんですね。ぼくに考えさせてください。ぼくが扱っている種苗チェーンのことは知ってますね？」

「ええ、ええ。だけど、こっちにもたくさん種苗園があるわ」

「いいですか。庭に誰も入れないでください。レイシーは隣から庭をのぞけますか？」

「境に生け垣があるの。のぞこうとするなら、窓から体をのりだして、首を伸ばさなくてはならないわね」

「けっこう。ウィルソンがあなたに任せたがっている案件ですが、もし彼のもとで、ええと、たとえば十月から半年働いてくれると約束してくれるなら、目くらましのフェンスをトラックに積んで、そっちに行きます」

「フェンスなんてもうあるわ！」

「高くてのぞけないタイプが必要なんです。作業員を連れていきます。フェンスを庭の周囲にぐるっと張り巡らす。そして、誰も裏庭に入れない。公開日の前に、完全に咲いた外来種の花をどっさり運びこみますから、それをきれいな地面に植える。すると、ご覧《ろう》じろ！　あなたは村じゅうの評判になりますよ」

「だけど、掃除の女性のドリスはどうしたらいいかしら？　彼女には見つかってしまうわ」

「口外しないと誓わせてください。だけど、他の人間には秘密です」

「うまくいくかもしれないわね」アガサは自信なさそうにいった。「だけど、ウィルソンのところで半年間働くのは……」

「やってみればいいじゃないですか。たかが半年でしょう？」

わたしの年になると半年でも大きな意味があるのよ、とアガサは悲しげに思いながら、ロイの計画を受け入れ受話器を置いた。

アガサは犯罪者のような気分だった。こんな真似をして何になるのかしら？　でも、メアリーよりも高く評価されたかった。

ドアベルが鳴ったので、びくっとして飛びあがった。用心深く開けてみると、ミセス・ブロクスビーがいた。

「まだ寝ていたの？」牧師の妻は心配そうにたずねた。

「いいえ。どうかしたの？」

「あなた、トンボーラの屋台を仕切ることになっているでしょ。ミセス・メイスンとわたしですっかり用意したわ」

「ああ」アガサはうしろめたくて顔を赤らめた。「すっかり忘れていたわ。新しいフェンスをとりつけに、作業員が来ることになっているのよ」

ミセス・ブロクスビーはびっくりしたようだった。

「たしか、庭の周囲にはとても頑丈でりっぱな松材のフェンスがあったんじゃなかった?」

「ところどころ、壊れているの」

アガサは嘘をつき、すばやく頭を働かせた。〝トンボーラの屋台にいる、来てくれたら鍵を渡すと書いたロイ宛のメモをドアに貼っておけばいい。実際には鍵は必要ないだろうが〟作業員は家のわきの小道から裏庭に行けるからだ。

「五分ちょうだい。すぐにいっしょに行くわ」

ロイ宛のメモを書き、ドアに留めた。五月祭は一日じゅうかかるだろう。もっとも、トンボーラがあっというまに売れてしまえば、さっさと屋台を片づけて自由になれるかもしれない。

ひとついいことは、いろいろな屋台がメイン・ストリートに並ぶから、一日じゅう交通止めになることね、とアガサは考えながらフェアの会場に向かった。そうなれば、村じゅうの人間は会場で働いているか、祭りを見学しているかで、わたしの家のフェンスについて立ち入った質問をする人は誰もいないはず。

アガサは雑多な賞品が並べられたテーブルの後ろに立った。〈レッド・ライオン〉から提供されたウィスキーのボトルとワインのボトル以外は、細々した品の寄せ集めで、たとえば、サーディンの缶詰、〝ブルネット用〟シャンプーといったものだった。

地元の住民や観光客の大半は、花とリボンで飾られた五月柱《メイポール》の周囲で踊っている生徒たちを眺めていた。ダンスが終わり、五月祭の女王に選ばれた愛らしい古風な顔立ちの女の子が冠をかぶせられるのを、アガサはじりじりしながら待っていた。それから口上を威勢よく叫びはじめた。

「さあさあ、寄ってらっしゃい、見てらっしゃい！　賞品がどっさり。くじは一枚たった二十ペンス」

静かな村で騒々しく何事が始まったのかと、驚いたり喜んだりしながら人々が集まりはじめた。アガサはワインとウィスキーのくじをすばやくポケットに滑りこませた。まだワインとウィスキーが当たっていないのを目にすれば、くじを買う人々が熱くなるとわかっているからだ。

「まあ、サーディンの缶が当たりましたよ」アガサは年寄りのミセス・ボグルにいった。

「それがどうしたっていうの？」ミセス・ボグルは文句をいった。「わたしはスコッチがほしいの」

「サンドウィッチにするとおいしいですよ、そのサーディンは」アガサは陽気にいった。「もう一度挑戦してください」

そこでしぶしぶミセス・ボグルは古びた財布から二十ペンスをとりだして、差しだした。また当たったが、今回はブルネット用のシャンプーだった。

「ぼったくりじゃないの」ミセス・ボグルはいった。「わたしは白髪頭なのに」

「じゃあ、それで髪が茶色になり、何歳も若く見えるようになるかもしれないわ」アガサはいい返した。「次！」

ミセス・ボグルはよたよたと歩み去った。アガサの声が高くなった。

「寄ってらっしゃい、見てらっしゃい！　これは何かしら？　プラスティックの卵スタンド。とっても便利よ！　さあ、さあ、どうぞ。すべて慈善のためですよ」

「彼女はいつもあんなふうなの？」自家製ケーキの屋台で、メアリー・フォーチュンがミセス・ブロクスビーにたずねた。

「ミセス・レーズンはすばらしいセールスウーマンなの。だから、村のためにその才能を発揮しているのよ」

アガサの努力にもかかわらず、なかなか売り上げは伸びなかった。大勢の人がトンボーラの屋台を囲んだとたん、モリスダンスなどのもっと関心を集める催しが始まり、みんなそっちに行ってしまうのだ。

午後遅くに、ロイがアガサのわきに現れた。

「家に帰ったほうがいいですよ」彼はいった。「作業員を連れてきているんですが、裏庭に続く小道に南京錠つきの門をつけなくてはならないんです。ね、ぼくはあらゆることを考慮しているでしょう。それからフェンスは分割できるんです。公開日には、上部を撤去することになるでしょう」

「まあ、ロイ。はい、鍵を渡すわ。家に戻って、すべて面倒を見てちょうだい。このくじを売り切るまでは身動きがとれないのよ」

「だめですよ、あなたが立ち会わないと」

「じゃ……」アガサはこっそり二十ポンド札を渡した。「残りのくじを全部買って、わたしをここから解放して」

すばやくウィスキーとワインのくじを箱に戻した。

「なんだ、これを全部開けなくちゃならないのか」ロイはぶつぶついいながら次々にくじを開けていった。「いいですか、アギー、プラスティックの卵スタンド、ティーコジー、オレンジと黄緑色のスカーフ」

とうとう、おもしろがっている見物人たちの目の前で、ロイはテーブルをすべて空にして、くじが入っていた箱に賞品を積みあげた。驚いているミセス・ブロクスビーにアガサはお金を渡した。

「ずいぶん早かったのね。それに全部売れちゃうなんて！　その多くの品が、毎年出品されては戻ってきたものなのよ」

「行く前に、アギー」ロイは空っぽになったトンボーラのテーブルにアガサを連れ戻した。「ここにサインしてください。さもないと、フェンスと作業員をただちにロンドンに帰しますよ」

テーブルに契約書を広げた。そこには十月一日から半年間にわたる、アガサとペドマンズの雇用契約が記されていた。

アガサはためらった。ロイに時間と手間をとらせた謝礼を払い、作業員を追い返すこともできた。そのとき背後でジェームズの笑い声が聞こえたので、振り向いた。彼はメアリーとしゃべっていて、すでにふたつもケーキを買ったようだ。メアリーはグリーンと白のチェックのシャツに、濃いグリーンのズボンをはいている。金色の髪が日差しにきらめいていた。

アガサは向き直ると、契約書にサインをした。ロイはそれをつかみ、ポケットにしまった。

「その箱の中身をミセス・ブロクスビーに返して」アガサはいった。「お酒以外はどれも用がないでしょ」

「とんでもない。クリスマスプレゼントに便利ですよ。今ではぼくにも部下が何人かいるんです」

「恥知らずね。わたしの下で働いていたとき、クリスマスにプラスティックの卵スタンドをあげたら、どういったかしら？」

「不況ですから」ロイはがらくたの入った箱をとりあげ、ぎゅっと抱えこんだ。「行きましょう」

「またアガサの若い友だちが来ているね」ジェームズはメアリーにいうと、二人が歩み去っていくのを眺めた。

メアリーは笑った。「アガサもずいぶん好き者ね」

「何をほのめかしているんだ？」ジェームズの顔はこわばった。

「あら、とぼけないで、ジェームズ。現実的になってちょうだい。アガサはちょっとした火遊びをしているんだと思うわ」

「くだらない。さて、そろそろわたしは失礼する」

ジェームズは大股に歩きかけたが、牧師につかまった。ナポレオン戦争時代に村人がつけていた日記が牧師館で見つかった、と報告してきたのだ。たちまちアガサのことは念頭から去った。ジェームズは胸を高鳴らせながら牧師といっしょに牧師館に行った。だが、日記をめくったときには、失望をかみしめていた。戦争はヨーロッパ全土に広がっていたが、この村での関心は、小麦からカブにいたるまで、ありとあらゆるものの価格だけのようだった。記述は味気なく退屈で、まったく役に立たなかった。というのも、その時代の英国での物価はすでにきちんと記録されていたからだ。それでも牧師に礼を述べ、家に持ち帰ってじっくり調べてみるといった。

自宅の前庭に入っていったとき、作業員とロイ・シルバーを乗せたトラックがアガサの家から出ていった。その日初めて、まさかアガサは愚かにも苗を植え替えたのだろうか、と不安になった。二階に駆けあがり、寝室の窓を開け、体をのりだす。

啞然としてまばたきした。大きな高いシーダー材のフェンスがアガサの庭をぐるっととり囲んでいる。いったい何をしているのだろう? あんな高いフェンスでは、絶対に日差しをさえぎってしまう。好奇心が分別に勝ちをおさめ、隣に行くとドアベルを鳴らした。

アガサはドアを開けると、ジェームズを見て顔を赤らめた。

「あの新しいフェンスは日差しをすっかりさえぎってしまいますよ」ジェームズはいった。「どういうつもりなんですか?」

「びっくりさせることがあるの。公開日にわかるわ。コーヒーは?」

「ええ、お願いします」ジェームズはアガサのあとからキッチンに入っていった。キッチンの窓にはブラインドがおろされていたので、庭は見えなかった。

「ところで、苗を植え替えたんですか？」ジェームズはたずねた。

「いいえ、明日にするつもり」アガサはそっけなくいった。

「それにしても、ずいぶん高いフェンスをつけたんですね。太陽の光がちゃんと植物に届くんですか？」

「ええ、もちろんよ。ガーデニングの話はもうやめましょうよ。その話題にほとほとうんざりしているの」

「それで、先日、さよならもいわずにパブから帰ったんですか？」

あら、わたしが帰ったのに気づいていないと思ったわ、特にあなたは、と居丈高にいおうとして口を開きかけたが、新しく身につけた分別のおかげでこう答えた。

「猫にえさをやるのを忘れていたことを思い出したのよ。ところで、秋にはしばらく村を離れるつもりなの」

「どうして？」

「わたしの会社を売却したペドマンズで、半年間働いてくれと説得されたの。お金儲けも悪くないかなと思って」

ジェームズは驚いているようだった。

「以前の生活はすっかり捨てたんだと思ってました」ジェームズの目がきらっと光った。「ははーん、わかりましたよ。あなたの関心を引くぞっとするような殺人事件が起きないせいですね」

「わたしは忙しいのに慣れているし、ここではあまりすることがないからよ」アガサの小さい目の奥には、どことなくとまどっている残念そうな色が浮かんでいたので、ついジェームズはこういった。「このあいだはまったくひどいディナーでしたね。また別の店に行きませんか？　イヴシャム・ロードをちょっと入ったところに、新しいレストランがあるんです。イヴシャムのすぐ郊外に。そこを試してみませんか？」

昔のアガサだったら、調子づいて口数が多くなっただろう。しかし新しいアガサは穏やかにこう応じた。「いいわね。いつにしましょうか？」

「今夜では？」

「喜んで」

「よかった。七時に迎えにきます。そろそろ行かないと。ちょっと用があって、メアリーと会う約束をしているんです」

しかし、ジェームズがメアリーと会うために帰っていっても、その日一日じゅうアガサのうきうきした気分はそこなわれなかった。夜には、とてつもない興奮状態になっていた。七時十分前に電話が鳴ったときは、いらだたしげに電話機をにらみつけ、出ないことにした。七時にジェームズと玄関を出ていくことは誰にも邪魔させないわ。電話はかなり長いあいだ鳴り続けていたが、そのうち黙りこんだ。七時になり、刻々と時間が過ぎていき、アガサはハンドバッグを膝にのせてそわそわしながら待っていた。

そのときドアベルが鳴ったので、ほっと息をついてドアを開けに行った。ジェームズ・レイシーが立っていた。顔は青ざめ、目は熱っぽく潤んでいる。

「ごめんなさい、アガサ。今夜のディナーはキャンセルしなくちゃならないようなんです。すごく具合が悪いんですよ。医者に行ったら、食中毒だと診断されました」

「何か食べたら、気分がよくならないかしら？」アガサは回復してほしくて、そうたずねた。

「いえ、無理です。ただベッドにもぐりこみたいだけです。ひどい気分で。じゃ、また今度」ジェームズは帰っていった。

アガサは家にひっこむと、がっくり力が抜けてすわりこんだ。メアリーは友だちだと思っていたが、いまや彼女のことを憎んでいた。さっきまでメアリーはジェームズをもてなしていたはずだ。たぶん彼に何か飲ませたのだろう。常識ではそんな馬鹿な、と思ったが、心の中は荒れ狂い、もう二度とメアリーとは関わりを持ちたくない、と感じた。

4

メアリーと関わりを持つまいという決意にもかかわらず、村は狭い場所だったので、都会のように誰かを無視することはできなかった。メアリーの友情に応じないわけにいかなかったし、とうに回復しているのに、ジェームズはふたたびディナーに誘おうとはしなかったので、もはや滑稽な嫉妬を抱く理由もなくなったように思えた。

そんなとき、一連の犯罪が起きた。それは最初は村人たちを一致団結させ、やがてばらばらにした。ふだんは穏やかな村の暮らしに、疑惑と恐怖が忍びこんできたからだ。

ガーデニング・コンテストで入賞したことのあるミセス・メイスンのダリアがひっこぬかれ、めちゃくちゃに踏みつぶされているのが発見された。ミセス・ブロクスビーのバラは、除草剤をかけられ、ジェームズ・レイシーの花はほとんどなくなった。頭のおかしな犯人がジェームズの庭に灯油をまき、火をつけたのだ。さらに犯行は続いた。危険な穴がミス・シムズの庭の芝生に掘られた。あの老夫婦ボグル夫妻ですら、白いバラのやぶに黒いペンキを噴きつけられ、バラをすべて黒くされた。村の巡査フレッド・グリッグズは、一人で対処しようとしていたが、被害のリストが増え続けたので、ついにミルセスター警察署の刑事部に応援を頼んだ。というわけで、ビル・ウォンがまたもカースリーで捜査にあたることになった。

当初、庭に対する犯行が始まったばかりの頃、〈レッド・ライオン〉は猛烈ににぎわっていた。お客たちが集まり、事件について語り合い、バーミンガムのごろつきどもが夜のあいだに村にやってきて庭を破壊しているのだ、と結論づけた。ショットガンで武装した村人たちのグループが、夜、通りをパトロールした。共通の敵に力をあわせて立ち向かう地域社会という、戦時中のような雰囲気が漂っていた。この和気藹々とした雰囲気に最初の攻撃を仕掛けたのは、ある晩、〈レッド・ライオン〉で一パイントグラスをちびちびやっていたミセス・ボグルだった。

「昔はこんなこと、一度も起こらなかったわよねえ。これまで新しく越してくる人はいなかったからね」

彼女の年老いた声は大きかった。パブはふいに静まり返った。アガサはバーカウンターでメアリーと並んで立っていた。決意したにもかかわらず、ジェームズ・レイシーが入ってこないかしらと今夜も期待していたアガサは、周囲の温かさに冷ややかなものが忍びこむのをまざまざと肌で感じた気がした。それっきり、誰もアガサとメアリーに怒りをぶちまけなくなった。すぐにではなく、少しずつ人々は帰っていき、アガサとメアリーはバーカウンターにとり残された。

「まったくもう」とメアリーがぼやいた。「あの性悪なおばあさんときたら」

翌日、アガサにはさらに心配ごとができた。ビル・ウォンが訪ねてきたが、コーヒーとおしゃべりのためではなかった。

「村の全員の庭を調べなくてはならないんです、アガサ」申し訳なさそうにいった。「必要以上に除草剤を使っていないか、どこかに灯油の缶が積みあげられていないか、そういったことを調べたいので」

「わたしたちは友だちでしょ」アガサは必死になって抵抗した。「わたしのことは知っているわよね。そんな真似するわけないでしょ！」

「でも、ぼくは正直な警官なんです、アガサ。ですから嘘をつくわけにはいかない。それに、何を隠したがっているんですか？」

「だけど……」

「アガサ！」

みじめな気分で、アガサはビルをキッチンに通し、裏口のドアの鍵を開けた。ビルはびっくりして何もない庭を眺め、高いフェンスを見上げた。

「いったい何をしているんですか？　あなたはガーデニング・クラブの一員かと思っていましたが」

「ねえ、これを報告書には書かないでちょうだい、ビル。苗を外に植え替えたら霜で全滅しちゃったのよ。誰にも見られないように、友人のロイ・シルバーが庭にフェンスを建ててくれたの。で、公開日の直前に——ほら、クラブのメンバーの庭は一般公開される予定でしょ——ロイが植物をどっさりトラックに積んでここに来ることになっているのよ」

「また、ずるをするんですか？　前回、悲惨なことになったでしょうに」

ビルは、アガサが自分で焼かずに店で買ったキッシュを村のキッシュ・コンテストに出品したときのことを持ちだした。その結果、審査員の一人がドクゼリにあたって死んだのだった。

「公開日には賞品は何も出ないわ」アガサはいった。「わたしはただ、自分の庭をきれいに見せたいだけなの。それに、あなたは除草剤とかそういったものを調べているんでしょ。こういうことを報告書に入れる必要はないんじゃない？」

「ええ、あなたが怪しいものを持っていなければ。しかし、もうこういう真似は卒業したのかと思ってましたよ」

ビルは厳しい目つきでアガサを見た。彼はまだ二十代だったが、アガサは悪いことをしてしかられた子どものような気持ちになった。

「お説教するのはやめて。いいから捜査を進めてちょうだい」

「温室ものぞきますよ。庭には他に何もないようですから」

ビルは温室を調べ、戻ってきた。彼はぴしゃりとノートを閉じた。「以上です」

「コーヒーを飲んでいって」

「いいえ、やめておきます。あなたには失望しましたよ、アガサ」

「だけど、こういうことをやっている犯人を見つける手伝いならできるわよ」

「首を突っ込まないで、警察に任せておいてください」

ビルは家を通り抜けて、さよならもいわずに玄関から出ていった。

ふん、いやなやつ、と傷つき腹を立てながらアガサは思った。思い知らせてやる。こんな真似をしている犯人を見つけてみせる。わたしの助けがなければ、ビルはあの二件の殺人事件を解決できなかったはずよ。それなのに、こんな言い草ってないわ。

涙が頬を伝わり、袖でごしごしとぬぐった。

メアリー・フォーチュンに疑いがかけられると、村の雰囲気はとげとげしくなった。アガサとジェームズ・レイシーも新参者だったが、なぜかメアリーが標的になった。もともとメアリーは村人たちに人気があったので、その事実にアガサは首をかしげるしかなかった。メアリーがすぐれたガーデニング愛好家で、彼女の庭は被害を受けていないことが疑惑に拍車をかけた。アガサの家の掃除をしているドリス・シンプソンは、フェンスで囲まれた庭について絶対にしゃべらないと誓っていたし、ビル・ウォンも一切口外していなかった。それでも庭を誰にも見せないようにしている新参者に疑いが集中しそうなものだったが、疑惑の目を向けられたのはメアリーだった。

「理解できないわ」ある朝、アガサを訪ねてきたメアリーは悲しげにぼやいた。「この村にこんなに尽くしてきたっていうのに！」

メアリーに対して嫉妬をくすぶらせていたにもかかわらず、アガサもやはり理解できなかった。それでも、メアリーといっしょにパブに行くと、メアリーは露骨に敵意を向けられた。

「もう、こんなことにはうんざり」メアリーはいった。「ガーデニング・コンテストが終わったらすぐに引っ越すわ」

「もうコンテストはないんじゃないかしら」アガサはいった。「庭をだいなしにされた人たちにとって、不公平だもの」

「でも、ジェームズも含めて全員の庭に、少なくともコンテストに出品できそうな花は残っているらしいわ。あなたはどうなの、アガサ？　何を出品するつもり？」

「さあ、どうでもいいわ」

何もない自分の庭のことをうしろめたく思いながら、アガサはいった。植物を買ってきて、それを自分で育てたものとして植えるつもりだったが、ビル・ウォンの失望を思い出すと、やましさがこみあげてきた。

コンテストの直前に、他とはやや傾向のちがう最後の犯行が起きた。ミスター・バーナード・スポット、ガーデニング・クラブの議長であり、年配の学究肌の紳士が、飼っていた見事な金魚に毒を盛られたのだ。すべての金魚が息絶えて庭の池でおなかを上にして浮かんでいるのが発見された。

コンテストが近づくにつれ、村内の雰囲気はますます険悪になっていったが、ミセス・ブロクスビーが審査員を務め、最優秀者に賞品を授与すると発表されると、雰囲気は少しやわらいだ。ミセス・ブロクスビーなら不公平なことはしないと誰もが信じていたのだ。

アガサは週末にロイ・シルバーを招いた。付き添いなしでコンテスト会場に行きたくなかったのだ。ジェームズは頻繁に話しかけてきて、ときどきコーヒーを飲みにやってくることすらあったが、いつも何かで頭がいっぱいなようでぼんやりしていて、あれっきりディナーに誘おうともしなかった。

参加しないと決意したにもかかわらず、アガサはコンテストの前に心が揺らぎ、オックスフォードシャーの種苗園に行って、ブルームーンという名前をつけられたほとんど青に近いバラの低木を買った。鉢からとりだす必要すらなかった。他の参加者は鉢植えのまま展示していたからだ。

「学習しているんですかね。それとも、以前の悪辣《あくらつ》なやり方に戻っただけなのかな」ロイがいった。「けっこう、おおいにけっこう。あなたはペドマンズの誉れになりますよ」

そして、それを聞いたとたん、アガサはずるをしなければよかったと後悔した。しかし、なかなか染みついた習慣は直らず、ロイといっしょにコンテストに歩いていくあいだに罪悪感を忘れてしまった。その日は太陽がさんさんと降り注ぎ、暖かだった。

「ねえ、こうした悪意のあるいたずらをしているのが誰であれ、他の人々を蹴落とすためにやっているんだと思うわ。このコンテストが終わったら、村はまたふだんの落ち着きをとり戻すんじゃないかしらね」アガサはいくつもの庭が破壊されたことをロイに説明した。

バンドが演奏していて、講堂は村人であふれ、空気には花の香りが濃く漂っている。自家製ケーキとジャムの屋台が出て、講堂のわきのティールームはにぎわっていた。さまざまな種類のバラが、いちばん人気の花のようだ。賞品は銀のカップだったので、アガサはうれしくなった。マントルピースの上に飾ったらさぞ見栄えがするだろう。

ミセス・ブロクスビーが審査を始めた。角縁の眼鏡を鼻にのせて、展示から展示へと歩いていく。アガサの花の前では立ち止まり、しばらく黙りこくっていた。それから牧師夫人は穏やかな問いかけるようなまなざしで、アガサをじっと見つめた。恐ろしいことに、アガサは全身が真っ赤になるのを感じた。赤みはつま先のどこかから始まり、打ち寄せる赤潮さながら顔にまで上っていった。

ミセス・ブロクスビーが進んでいくと、ロイが声をひそめて罵った。彼はアガサのわきから体をのりだし、鉢から何かをむしりとった。

「何をやっているの？」アガサがささやいた。

「種苗園の小さなラベルがついていたんですよ」ロイがひそひそ声でいった。

「まあ、なんてこと。ミセス・ブロクスビーは気づいたと思う？」

「たぶん、大丈夫ですよ。でも、あなたは不注意になってますね。昔の狡猾なアギーなら、こんな馬鹿げた過ちはおかしませんでしたよ」

「お茶を飲みましょう。何もしないで判定を待っているのはつらすぎるわ」

ティールームで、ジェームズとメアリーが並んですわっていた。二人はアガサとロイを見て声をかけた。

「少なくとも、何も騒ぎは起きていないわね」アガサはいいながらすわり、ロイはカウンターに二人分のお茶を買いに行った。「火災放射器を持ったいかれた男が講堂に乱入するんじゃないかと不安だったけど」

「あなたの友だちのチビのみっともない中国人は、すべての庭を嗅ぎ回っているみたいね」メアリーが不愉快そうにいった。

アガサは腹立たしげな目つきでメアリーをにらんだ。

「ときどき、あなたがわからなくなるわ、メアリー。このうえなく感じよくふるまっていたかと思うと、すごく悪意のこもった発言をする。友人のビル・ウォンは中国の血が半分入っているのよ。お母さんはグロスターシャー出身。ビルがチビの中国人なんて呼ばれるのは聞きたくないわ」

メアリーは声をあげて笑った。「彼には甘いのね、アガサ。どうやらあなたの弱点を見つけたみたい」近づいてくるロイをちらっと見た。「あなた、年下の青年が好きなんでしょ」

「わたしに意地悪しないほうがいいわよ、メアリー」アガサは険しい目つきになった。「わたしはこれまで意地悪の達人たちを相手にしてきたんだから」

ロイがティーカップを置いたとき、テーブルはしんと静まり返っていた。ロイは女性二人の顔を見比べた。

「ねえ、ぼくたちは陽気なグループですよね。誰がコンテストで勝つと思いますか？」

「こういう騒ぎにはほとほと嫌気がさした」いきなりジェームズ・レイシーが怒りだした。「ここはかつてグロスターシャーでいちばんすばらしい、いちばん友好的な村だった。いまや何もかもがだいなしだ！」彼はドアをたたきつけるように閉めて、足音も荒く出ていった。

「どういうことなの？」メアリーは青い目をまん丸にしてたずねた。

「あなたがああいうことを口にしたんじゃ、雰囲気がよくなるわけないわ」アガサがぴしゃりといった。

メアリーはいきなり笑みを浮かべた、温かい笑みを。

「ごめんなさい、アガサ。あなたのいうとおりだわ。わたしは意地悪だった。村じゅうから向けられている敵意にすっかりまいってしまって。あまりにも不公平だわ」

「どうしてあなたが？」ロイが質問した。

「わたしは新参者だから」

「このアギーだってそうですよ」

「だけど、ろくでもない庭の破壊者として、わたしが選ばれたのよ。これだけ村に尽くしたっていうのに！」

「みんな、いずれ忘れるわよ」アガサがいった。

「そうなるまで、おとなしく待っているつもりはないわ」メアリーは立ちあがった。

「ジェームズと仲直りしてきたほうがよさそうね」

「彼女はあなたの友だちなんですか？」メアリーが出ていくと、ロイがたずねた。

「ええ、そうだと思うわ。あなたがお茶を買いに行っているあいだ、彼女、ひどいことをいったの。だけど、ストレスのせいで神経がまいっていたんでしょう」

「ぼくには最大級の意地悪女に見えますけどね」ロイはいった。「あなたは評価が甘くなってるんですよ、アギー。ロンドンだったら、整形した顔には距離を置いたはずですよ」

でもロンドンではあれだけ長く暮らしたのに、友人の作り方がわからなかったわ、とアガサは思った。仕事がわたしの友人だった。だから、人々をできるだけ利用しようとしたのよ。

「村ではちがうのよ。ロンドンとはね。隣の人ですら誰だか知らないような街とは」

そのロンドンにもうじき帰ることになるのだ、と寒々しい思いで考えた。ジェームズはわたしがいなくて寂しく思ってくれるかしら？　もしかしたら、いなくなったことにも気づかないかもしれない。

講堂のマイクがキーンと響いた。素人が扱うと、必ずこういう音がするように感じられる。それから、これから入賞者を発表します、というミセス・ブロクスビーの声が聞こえた。

アガサとロイは急いで講堂に戻っていき、演壇の前に集まっている人の群れに加わった。

ミセス・ブロクスビーは銀のカップをとりあげた。名前を彫ってくれるのかしら、とアガサは思った。それとも、自分で彫ってもらわなくちゃならないのかしら。

「一等賞は」とミセス・ブロクスビーがいった。

ちょっとしたスピーチの用意をしてくれればよかった、とアガサは思った。

「……ミスター・バーナード・スポットのバラに。どうぞ上がってきてください、ミスター・バーナード」

もしかしたら自分を無実に見せるために、自分の手で金魚を毒殺したのかもしれない、とアガサの頭にひねくれた考えがふと浮かんだ。競争相手を蹴落とすために、この老人が他の人たちの庭を破壊したのかもしれない。

しかし、年配のミスター・スポットが大きな喜びに顔をピンクに染めて壇に上がってくると、アガサの新たなやさしい性格が顔を出し、まっさきに拍手をしはじめた。するど、他の人々もそれにならった。

ミスター・スポットはたたんだ紙をポケットからとりだすと、マイクに近づいた。

「みなさん」と口火を切り、いかに感謝をしているかをくどくどと述べた。

「あの老人はスピーチを用意してきたんだ」

ロイが驚きあきれている。ミスター・スポットは十五分にわたってしゃべり続け、ついにミセス・ブロクスビーが咳払いして、腕時計を指さした。

「それから二等賞は、ミスター・ジェームズ・レイシーのヒエンソウに」

「地面が焼かれた場合の保険を庭にかけていたんですよ」ロイがいった。「もしかしたら彼も何か買ってきたのかも。ただし、種苗園のラベルを鉢からはずすことを忘れなかった」

「しっ」アガサはたしなめた。当然、わたしが三等をもらえるはず。

「そして三等はミス・シムズのインパチェンスに」

「まあ、がっかり」アガサはいった。少なくともジェームズもミス・シムズも、スピーチをする必要は感じなかったようだ。

「これで終わりだ」ロイはいった。「お楽しみはおしまい。どこかで遅いランチを食べましょう」

「ジェームズもいっしょにランチに行きたがるんじゃないかしら？」アガサはいってみた。

「現実的になってください、アギー」ロイはぶしつけにいった。「彼はあなたに興味を持っていませんよ」

アガサはロイのあとから講堂を出たとき、年をとり、滅入った気分になっていた。これからの人生が、墓場へと続くほこりっぽい長い道に感じられる。幸せに感じたり、興奮したり、興味をかきたてられたりすることは、もう二度と起きないだろう。振り返って村人たちを眺め、つくづく自分はよそ者だと感じた。おそらく、生まれたバーミンガムのスラム街以外に、どこにもよりどころのないよそ者なのだ。そのとき頬を紅潮させ興奮したミス・シムズがアガサに追いついた。

「あなたのバラに特別賞のカードが貼られてたわよ、ミセス・レーズン」

驚いてアガサは引き返した。バラの鉢には小さな赤いカードが貼ってあった。興奮しながら賞賛の言葉を読もうとかがみこむ。

「ミセス・アガサ・レーズン、あなたの創意工夫に特別賞を」

ロイも同時にそれを読んだ。

「ほう、ミセス・ブロクスビーも人が悪いですね、アギー。行きましょう。ステーキ・アンド・キドニー・パイのほうがずっと気分がよくなりますよ」

「ねえ、ロイ」日曜の夜、電車に乗るロイをオックスフォードまで送っていきながら、アガサは切りだした。「たくさんの植物を運んでくるという計画は忘れてもらったほうがいいかもしれないわ。できたら作業員を寄越して、フェンスの上部をとりはずしてもらって。わたしは種苗園から自分で花を買ってきて、みんなにそれを植えているところを見せるわ。で、庭は一般公開しないつもりよ」

「ええっ、何をいいだすんですか？　あの種苗園のラベルを鉢につけたままにするほどまぬけだったからって、また失敗するとは限りませんよ。朝の二時にぼくもトラックといっしょに来ます。あっというまに、インスタント・ガーデンの完成。カースリーでは夜中に歩き回っている人間はいないはずですからね。それに、さらにいい報告があります。ペドマンズがその費用をもってくれる予定なんですよ」

「どうして？」

「優秀な役員への支度金代わりですよ」

「つまり、あのチビのイタチ、ウィルソンは、わたしがずるをすることを知っているの？」

「もちろん知りませんよ。彼が関心があるのは、あなたが庭を美しくしたがっているってことだけです。どうしてもあなたを手に入れたいんですよ。だから、そのためには金に糸目をつけないんです」

アガサは決心がぐらつくのを感じた。まずいことなど起こるわけがない。あとはミセス・ブロクスビーにはコンテストの花の件は勘違いだったと、どうにか納得してもらうしかないだろう。ミセス・ブロクスビーのまなざしから敬意が消えるのには耐えられなかった。

「そう、わかったわ。でも、公開日当日は手伝いにきてほしいわ」

翌晩、アガサは〈レッド・ライオン〉で大勢のお客たちに交じっていた。パブの経営者、ジョー・フレッチャーの誕生日だったので、お客たちはお酒をふるまわれた。胸をときめかせながら、アガサはジェームズを見つけ、彼に近づいていった。

「ジョーの誕生日だとは知らなかったわ」カウンターに積みあげられたプレゼントの山を申し訳なさそうに見ながら、アガサはいった。「どうして誰も教えてくれなかったのかしら?」

「たぶん、知っていると思ったんですよ。あなたは数年前に、ここに引っ越してきたんだし」

「家に帰って、何かプレゼントになるものがないか見繕ってこようかしら」とはいいながらも、ジェームズのかたわらを離れたくなかった。今夜は珍しく、いつものようにジェームズの関心を独り占めしようとするメアリーはいなかった。

「入賞おめでとう」アガサはいった。「放火されたあと、裏庭にまだお花が残っていたとは思わなかったわ」

「でも、今じゃあなたのところからはほとんど何も見えないでしょう。あんな高いフェンスを張り巡らしてあるんじゃ。どうしてあんな高いフェンスを?」

「植物を守りたいから」

ジェームズはとまどった顔になった。「あのバラをどうやって育てたのか不思議ですよ。たぶんそのせいで、ミセス・ブロクスビーは創意工夫と表現したのでしょうね」

アガサはふだんジェームズとの会話を邪魔されるのを嫌っていたが、隣村で修理工場を経営している大柄なスコットランド人、ミスター・ギャロウェイが体をのりだして話しかけてきたのでほっとした。

「フレッド・グリッグズ巡査と話してたんだけど、誰が庭をめちゃくちゃにしたのかまだ手がかりがつかめてないらしいね。今頃、あんたが犯人を突き止めてると思ってたよ、ミセス・レーズン」

「調べてみてもいいわね」アガサは得意になっていった。「警察はたいした仕事をしていないみたいだから」

「メアリーはどこかな?」ジェームズはたずねた。

ミスター・ギャロウェイはくしゃくしゃの髪をかいた。

「さあね。ご登場のためにおめかししているんじゃねえかな」

「それにしても、おかしいですよ。わたしはみんながメアリーを理由もなく毛嫌いしているることを嘆かわしく思っているんです。メアリーが庭を破壊するために何かやったと考えるなんて、正気の沙汰じゃない」ジェームズがあまりにいい張るので、アガサはげんなりした。

「彼女は賞をとれなかったわね」アガサが指摘した。

「そこが妙なところなんだ」ミスター・ギャロウェイがいった。「てっきり、メアリーはあのダリアで優勝すると思ってたんだが」

「メアリーに勝たせたくなかったんですよ」ジェームズはいった。

「ああ、だけど、ミセス・ブロクスビーが審査員だったし、あの人は噂話に惑わされたりしねえからね」

「もう一杯いかが、ジェームズ？　ミスター・ギャロウェイ？」アガサはもうメアリーの話は充分だという気持ちになっていた。

しかし、ミスター・ギャロウェイが答えかけたとき、「お心遣いはありがたいが」といいながら、ジェームズが立ちあがった。「わたしはメアリーのコテージまで行って、こっちに来るつもりがあるのか様子を見てきますよ」

アガサも立ちあがった。「わたしも行くわ。戻ってきたらごちそうするわね、ミスター・ギャロウェイ」

まだ暖かい夏の夜を歩きながら、これからあのブロンド女性を訪ねるのではなく、どこかに二人で出かけるところならよかったのに、とアガサは思った。ドリス・シンプソンから伝えられた村の噂によれば、メアリーとジェームズはただの気楽な友人同士で、最近のジェームズはメアリーのコテージを訪ねたり、ディナーに連れだしたりしていないということだった。わたしはメアリーについて本当のところを知っているのかしら、とアガサは思った。嫉妬がメアリーに対する意見や判断をゆがめているにちがいない。これからはメアリーを肯定的に見ようと決心した。嫉妬心をわきに置けば、メアリーは温かい心と魅力を兼ね備えた、とてもすてきな女性だと認めないわけにはいかない。

それでも、ときどき、その温かさと魅力のあいだから、ちょっとした悪意の矢が、不愉快な言葉が放たれた。ビルについて口にした意見は底意地の悪いものだったし、あんなふうに口を滑らせるとは、メアリーらしからぬことだった。

ジェームズが問いかけるようにアガサを見た。「いつになく、おとなしいですね」

「メアリーのことを考えていたの。本当は彼女のことをよく知らないんじゃないかって」

「それは意外ですね。あなたたち二人は親友同士なのかと思っていました」

「そうねえ……」メアリーとジェームズとのあいだのよそよそしさを確認したいがた

めに、メアリーと友だちづきあいをしていたのだ、と今になって気づいた。「あなたはメアリーについてどういうことを知っているの？」アガサは逆にたずねた。

「考えてみれば、あまり知らないな。オックスフォード大学のセント・クリスピン・カレッジにお嬢さんが通っているから、かつて結婚していたことは知っています」

「お嬢さんには会ったことがないし、話が出たこともないわ」

「一度も訪ねてきたことがないんです。休暇中にも。きっと母娘のあいだにいざこざがあるにちがいないと思って、何もたずねていませんが。わたしたちが目にしているものはまちがいないと思いますよ——完璧な料理人、完璧なガーデニング愛好家、完璧な外見。それに魅力もある。外見の下に潜む人間性を分析することをつい忘れさせてしまうような、強烈な魅力です」

わたしはちがう、とアガサは思った。目に見えているものが、文字どおりのわたしなのよ。アガサは強烈な魅力や神秘的な深みが喉から手が出るほどほしいと思った。

二人はメアリーのコテージに近づいていった。

「明かりがついてない」ジェームズがいった。「もしかしたら外出しているのかもしれない、オックスフォードかどこかに」

「それはどうかしら。メアリーはまったく村を出ないわよ、あなたと食事をする以外は」

「じゃあ、家にいるかどうか確かめてみましょう」

アガサの家のような造りの場合を除いて村人たちがするように裏には回らず、ジェームズは正面の庭を進んでいった。芝生の縁に咲き乱れた花々が、月光で白く浮かびあがっている。空気にはねっとりと花の香りが漂っていた。二人は玄関ポーチに入った。ジェームズがベルを鳴らすと、家の暗がりで音がこだました。

背後の道路を若いカップルが歩いていった。女の子は甲高い笑い声をあげた。二人の足音と声が消えると、夜の静寂がまた戻ってきた。

「仕方ないわ」アガサは楽しげにいった。「わたしたちは地域社会のために、ちょっとした務めを果たしたんだし、もうパブに戻りましょう」

ついていれば、そろそろお客が減っていて、ジェームズを独り占めできるかもしれない、とアガサは期待した。

ジェームズはためらった。彼はドアの取っ手を回した。簡単に回り、ドアが開いた。

「具合が悪いのかもしれない」

ジェームズが中に入っていったので、アガサもしぶしぶあとに続いた。ジェームズは玄関ホールの照明のスイッチを手探りした。パチンと小さな音がして、狭い玄関ホールに光があふれ、家の中に漂うがらんとしたわびしい感じがよけいに強調された。二人は明かりをつけながら、部屋から部屋へと歩いていった。リビングにもダイニングにもキッチンにも、誰もいなかった。

ジェームズは階段を駆けあがっていき、叫んだ。

「メアリー！　メアリー！」

アガサは廊下に立ち、落ち着かない気持ちで待っていた。自分が超能力者だとか、敏感な人間だとか思ったことは一度もなかったが、そこに立っているうちに、なんとも得体の知れない薄気味悪さを感じはじめたのだ。

「留守だ」ジェームズがいうと、狭い階段を駆け下りてきた。

「裏に温室があるわ。そこもいちおう調べたほうがいいかもしれない」

一瞬前まですべてを忘れ、パブにジェームズと戻りたいと願っていたのに、ふいにそんな主張をしたのはどうしてだったのだろう、とあとになってアガサは不思議に思った。建築許可を得るために当局と丁々発止の交渉をしたあげく、メアリーは家の裏に小さな温室を増築することを許されたのだった。キッチンを通り抜けると、ジェームズが温室のドアを開けて、明かりのスイッチを入れた。湿った暖かい空気が二人を包みこんだ。メアリーはそこで熱帯植物を育てていた。二人は温室の真ん中まで歩いていき、肩を並べて立った。物音ひとつしない。「行こう」ジェームズがいった。

そのときアガサが喉のつまったような声を出した。

「見て！　あそこを見て！」

そしてジェームズは見た。

何者かがメアリー・フォーチュンを植えていた。

頭は見えなかった。土に埋められていたからだ。何者かがメアリーを足首で逆さに吊りあげ、頭を大きな陶製の植木鉢に埋めていた。天井の梁には、ハンギングポットのためのフックがいくつかとりつけられている。メアリーは足首をロープで縛られ、フックのひとつからぶらさげられていたのだった。いつものようにグリーンの服を着ていた。グリーンのサンダル、グリーンのブラウス、グリーンのショートパンツ。

「彼女を下ろして！」アガサの声は恐怖でかすれていた。

だがジェームズはメアリーにかがみこむと、首と手首に触れて脈を調べた。

ジェームズは腰を伸ばした。「このままにして警察を呼ぼう。メアリーは殺されている。完全に息絶えているよ」

「殺人！」

「しっかりして、アガサ。彼女が自分で頭を突っ込むわけがないだろう！」ジェームズは厳しい声でいった。「電話してくる」

ジェームズは温室を出ていった。アガサは最後にもう一度おそるおそる死体に目を向けると、震える脚でジェームズのあとから温室を飛びだしていった。

ジェームズはリビングにいた。フレッド・グリッグズ巡査に電話をしてから、ソファにぐったりとすわりこみ、両手でふさふさした髪をつかんだ。

「なんてひどい……おぞましいことだ」ジェームズはいった。「わたしは彼女と寝ていたんだ」

すでに動転していたアガサはすわりこむと、さめざめと泣きだした。

「泣かないで」ジェームズがぶっきらぼうにいった。「メアリーはもう何も感じないんだから」

だがアガサが泣いていたのは、ショックと屈辱のせいだった。いまやジェームズに抱いていた気持ちは、女子高生の片思いのようにぶざまに感じられた。ジェームズは女性に対して内気で、誰ともつきあわず、修行僧のような生活をしていると思いこんでいた。自分自身がしばらくセックスをしていなかったので、女子高生のようにロマンチックにジェームズのことを夢見ているほうが気楽だった。メアリーとの友情には嫉妬していたが、それもただの――軽い戯れを含んだ友情で、それ以上のものではないと考えていた。しかし、ジェームズはメアリーとベッドをともにしていたのだ。メアリーと抱き合っていたのだ。アガサの心はうちのめされ、苦悩に身もだえした。

フレッド・グリッグズ巡査が大きな足音を立てて入ってきた。フレッドはいかにも村のおまわりさんという感じの人物で、がっちりした体格に赤ら顔だった。彼はいつもこんなふうにいった。「はい、はい、どうしました？」

しかし、のんびりしているようでいて、そつのない頭のいい男だった。

「死体はどこですか？」巡査はたずねた。

ジェームズはソファから立ちあがった。「案内します」

アガサは部屋の隅のお酒のワゴンを物欲しそうに眺めた。強いブランデーをぐいっとやったら、しゃんとしそうな気がしたのだ。ハンカチをボトルに巻いて一杯注ごうかと考えていたとき、刑事部の連中が到着した。ビル・ウォン部長刑事もその一員だった。さらに車がぞくぞくと到着した。病理学者、医者、鑑識チーム、警察のカメラマン、それに地元新聞社の記者。その新聞社の熱心な主筆が警察無線を聞いていたのだろう。

ビル・ウォンはアガサの涙の跡がついた顔を見て、メアリーを悼んでいたのだと考え、すぐさま同情をこめていった。

「家に帰ってください、アガサ。あとで供述をとりにうかがいます。あなたが死体を発見したんですか?」

「ええ、わたしとジェームズ・レイシーで」

「彼はここにいますか?」

「ええ、死体のそばに」

「けっこう。とりあえずレイシーだけで大丈夫です。部下の一人に、お宅まで送らせますよ」

そしてどん底の精神状態のアガサは、警官の力強い腕に抱きかかえられるようにして現場を出ていった。

5

アガサは片手にブランデーのグラス、もう片方の手に火をつけた煙草を持っていた。自分の両手がわずかに震えていることに、投げやりな皮肉っぽい気持ちで気づいた。メアリーの家に残っていればよかったと今になって思った。分厚い茅葺き屋根のせいで、自宅はとても静かだ。異様なほど静かだった。古い家が夜の寝支度をするときに満足そうに立てるきしみだけが、かすかに聞こえていた。

いったい誰があんな真似を？　わたしはメアリーについて何を知っていたのかしら？　それをいうなら、ジェームズ・レイシーのことも本当に知っていたのかしら？　彼は知的でハンサムで五十代半ばで、引退した大佐で、半島戦争の歴史について書くために田舎に腰を落ち着けた。二人は前回の殺人事件をいっしょに調べた。そして、彼がとても機知に富み、危険な状況では冷酷になれることを知った。当時、いろいろと話をしたが、本や演劇、殺人事件、村の人々についてだけだった。だけど、本当に

ジェームズの心を動かすものは何なのかしら？　あの人には殺人ができるかしら？

しかし、今回の殺人犯は、たぶん庭を破壊した人物だろう。ジェームズがあれほどさもしく執念深いことをするとは、アガサはこれっぽちも信じていなかった。すべて、ガーデニングに関係があるにちがいない。庭を破壊し、ミスター・スポットの金魚を毒殺し、メアリーを殺した人間は、完全に頭が狂っている、危険なほど狂っているわ。メアリーをナイフで刺すとか、絞め殺すだけでは足りなかったのだろう。犯人は死んだ彼女に屈辱を与えたかったのだ。お願い、神さま、どうか犯人はメアリーが村に来る前に関係のあった人間でありますように。

外で車の停まる音がして、物思いを破られた。アガサは煙草をもみ消すと、慎重にブランデーのグラスをサイドテーブルに戻し、手の震えが止まっていることを妙に誇らしく確認した。ドアを開けると、ビル・ウォンが女性警官といっしょに立っていた。

「これから初期供述をとります、アガサ。それから明日、ミルセスターの警察署に来て、改めてそれを確認してもらいたいと思っています。ミスター・レイシーにも来てもらうように頼みました。ですから、車で二人いっしょに来ていただいてかまいませんよ」

アガサはビルと女性警官をリビングに案内した。「コーヒーはいかが？」

女性警官は部屋の隅の硬い椅子に控え目にすわり、ノートを広げた。

「いえ、今回はけっこうです」ビルはいった。

「テープレコーダーはないの？」

「明日、供述を録音します。それをタイプさせ、あなたに読みあげます。では最初から話してください」

アガサはパブでのことと、ジェームズがメアリーが来ないことを心配したことから話しはじめた。コテージを訪ねると、玄関のドアに鍵がかかってないことを発見し、中に入りメアリーを探していると、小さな温室で死体を見つけた。

「あんなふうに死体を持ちあげるなんて、ずいぶん力のある人間にちがいないわ」アガサは思い切って推理を口にした。

「たぶん」ビルはいった。「鑑識班がロープを持っていきました。それから、家じゅうのありとあらゆるものを調べています。最近は驚くようなことも見つけだせるんですよ。さて、あなたがミスター・レイシーと出かけたとき、他にパブには誰がいましたか？」

アガサは額にしわを寄せた。

「ええと。ジェームズとわたしはミスター・ギャロウェイと話をしていた。ミス・シムズは老ミスター・スポットといっしょにカウンターにいたわ。ミセス・メイスンとご主人がやはりカウンターにいて、あのいやな夫婦、ボグル夫妻は別の隅でビールが薄いと文句をいってた。暖炉の前には掃除の女性、ドリス・シンプソンがご主人といたわね」アガサは目を半ば閉じ、村人たちの名前を列挙し続けた。「ああ、一人で来ている見知らぬ人がいたわ。パブの左奥に」

「どういう外見でしたか？」

「二十代前半、ナイロンのトラックスーツ姿、おしゃれな無精髭、ポニーテイルにした濃い赤毛、特徴のない顔。つまり、目がふたつ、鼻がひとつ、口がひとつってこと。そこにいる人で、一人だけ顔を知らなかったから覚えているのよ。誰かを待っているみたいだったわ。これはあくまで漠然とした印象だけど。だって、わたしはジェームズとしゃべっていたから」

「なるほど、いわんとすることはわかります」ビルは目をかすかに光らせていった。「さて、ミセス・フォーチュンのコテージに近づいたとき、誰かに会いましたか？」

「会わなかったと思うわ。この村の人なら、みんな『こんばんは』って声をかけるでしょ。わたしはメアリーのことをずっと考えていたの」

「ミセス・フォーチュンのことを？　何を考えていたんですか？」

「友人同士だけど、わたしは彼女についてほとんど知らないんじゃないかって。だって、とても魅力的でやさしいのに、いきなり悪意のこもったことを口にするから」

「どんな?」

「あなたのことをチビのみっともない中国人といったわ」

「ぼくが罵でいわれることに比べたら、どうってことない。たぶん、彼女はいつもそういう毒舌を口にしていたんですよ」

「いいえ、いきなり悪意のこもったことをいったのよ。あんなふうに急に意地が悪くなれる人だったなんて、びっくりしたわ。だって、たいていの場合、なんとなくそういう兆候があるものでしょ」

「レイシーは誰よりも彼女のことをよく知っていたにちがいない」

「どうして?」アガサが用心深くたずねた。

「村じゃ、彼がメアリーと恋愛関係にあったのは有名でしたよ」

「どうってことない関係よ」アガサの心臓が早鐘のように打ちはじめた。「何度かディナーに連れだして、それっきり。ただの友人同士よ」

ビルはアガサのやつれた顔を見た。レイシーは今年の初めにミセス・フォーチュンと恋人同士だったことを隠そうともしなかったが、それをアガサに伝えることはできそうになかった。

ドアベルが鳴った。「ぼくが出ます」ビルはいった。

玄関に出ていったビルは、ミセス・ブロクスビーを連れて戻ってきた。彼女は小さな一泊用バッグを手にしていた。

「今夜、誰かが家にいたほうが安心できるんじゃないかと思ったの、ミセス・レーズン」

アガサはまたもや泣きそうになり、必死にまばたきをして涙をこらえた。

「とりあえず、以上です」ビルはいった。「明日、警察署に十時に来てください。ぐっすり眠ってくださいね。レイシーのところに寄って、あなたを迎えにくるように伝えておきますよ」

アガサはビルと女性警官を玄関に送っていった。ビルはアガサに微笑みかけた。

「ロンドンとはちがいますね？」

「ロンドンのほうがたくさんの殺人が起きてるわよ」

「そういう意味じゃないんです。今夜、泊まってあげようと考えるミセス・ブロクスビーのような人は、ロンドンにはいない、といいたかったんですよ」

「ああ、そういう意味。じゃ、明日ね」

アガサはミセス・ブロクスビーのところに戻った。

「キッチンに来て。お茶を淹れるわ」

「ええ、でもわたしが淹れるわ。それからあなたはベッドに入ったほうがいいわよ。ひどい目にあったわね。ここでは噂があっというまに広まるけど、信じられなかったわ。フレッドの奥さんのミセス・グリッグズが電話してきて、ミセス・フォーチュンが植えられたと教えてくれたの」

「ええ、ぞっとしたわ」アガサはいった。「足首を吊られて、頭は大きな植木鉢の中に埋められていたの。それに、あのいつものグリーンの服を着ていたのよ。最初はそのグリーンのせいで彼女に気づかなかったの。だって……」アガサはわなわなと体を震わせはじめた。

「さあさあ。もういいわよ。やかんを火にかけたわ。あなたほどひどい経験はしていないけど、わたしもすごく衝撃を受けているの、ミセス・レーズン」

アガサは弱々しく笑った。「お互いにそんなに他人行儀になることはないんじゃないかしら。わたしのことはアガサと呼んでくれてかまわないし、できたらあなたのことも……」

「マーガレット」

「メアリーのこと、好きだった？」

「そうでもなかったわ」といいながら、ミセス・ブロクスビーのやせた手がティーポットにお茶を入れ、沸騰したお湯を注いだ。「わたし、個人的な感情をガーデニング・コンテストの審査に介入させてしまったの。これまでそういうことは一度もしたことがなかったのに」

アガサはまばたきをした。「信じられないわ。どうして？」

牧師の妻はふたつのマグに熱いお茶を注ぎ、ミルクを冷蔵庫からとりだし、二人がキッチンのテーブルにつくのを待った。自分のお茶に砂糖を入れてかき回しながら、ゆっくりといった。

「最初はわたしもミセス・フォーチュンの賞賛者の一人だった。新しく引っ越してきた方が、教会や村の活動を手伝ってくれるのはとてもうれしいものよ。メアリーはしょっちゅう牧師館を訪ねてきてくれた。よくアルフとふざけあっていたわ。

わたしは気にしなかった。メアリー・フォーチュンはあちこち旅をしているきれいな女性で、いつも無意識のうちに男心をくすぐるような態度をとる人だと思ったから。やがて、アルフに懺悔をしたいといいだした。うちの教会は懺悔を聞いていないの。だけど、悩んでいる教区民の話は聞いてあげていたから、書斎で彼女の話を聞くことを承知した。何があったか知らないけど、あとで主人は、メアリーはあまり善良な女性とはいえないし、精神的にどこか不安定だといっていたわ。それからというもの彼女が訪ねてくると、アルフは口実を設けて家を留守にするようになった。

ミセス・フォーチュンは、わたしにはめったに失礼な言葉は口にしなかったわ。でも、残念なことに、わたしは最近、身なりにかまわなくなっていた。メアリーは腕のいい美容師を紹介するとかなんとかいったわ。それに実はわたし、静脈瘤があるの。ただ長いスカートをはいていれば、たいてい誰にも気づかれなかった。だけどミセス・フォーチュンは気づいた。そして次に会ったとき、とてもやさしくて親しげだったけど、毒のある言葉を口にしたので、自分がみすぼらしくてちっぽけな存在になった気がしたわ。ぞっとすることに、わたしはメアリーが嫌いになりはじめた。誰かにこんな強い嫌悪を抱いたことなんてないのよ。誰もを好きになることはできないし、ボグル夫妻のことは、まあいわば厳しい試練だと思うこともあるけど、彼女にはどこか神経に障るところがあったの。

メアリーは哀れむような微笑をわたしに向けたわ。いくつぐらいの国を訪れたことがあるか、とたずねてきた。わたしとアルフは何年ものあいだ、海外にはまったく行っていなかったの」

あることを思い出し、アガサは身をのりだした。

「それはどこかで聞いたことのあるペテンの話に似てるわ。ええ、そのペテンにそっくり」

「どういうこと？」

「ある村で男が株式仲介人のふりをして、たくさんの人々から貯金をまきあげたという記事を読んだことがあるの。彼はあまり嘘が上手じゃなかったから、だました最初の夫婦にすぐ見破られてしまった。だけど、夫婦はその男を訴えなかったの。だまされたことが恥ずかしかったからよ。だから、その男は他の人もだましながら、しばらくペテンを続けていけたの。

それと同じで、みんながメアリーの噂をするとき、あなたは好意的なことをいった。だって、彼女を好きじゃないといったら、理由を説明しなくちゃならないし、その説明そのもので、いっそういやな気分になる。ところで、どうしてわたしに話してくれたの？」

ミセス・ブロクスビーは少し驚いたようにアガサを見つめた。

「あなたは決して善悪の判断を下したり、非難したりしないでしょ、アガサ。たぶんそのせいね」

頭の中ではしているけど、それもしょっちゅう、とアガサはうしろめたく思った。

それから、我ながら意外なことに、さらりとこう口にできた。

「ジェームズはメアリーと関係を持っていたのよ」

「だろうと思ってたわ」

「だけど、誰もわたしに教えてくれなかった！　ジェームズから今夜聞かされたの」

「あなたは彼の友人だと思われているせいよ」ミセス・ブロクスビーは如才なくいった。「みんな、てっきり、あなたが知っていると思ったのよ」誰もいわなかったのは、アガサを傷つけたくなかったからだと、ミセス・ブロクスビーは知っていた。

「だけど、大切なことがあるわ。ジェームズはメアリーと友好的な関係を保っていたけど、あなたが戻ってきたら、彼女にあからさまに冷たくなった。その理由を探るのは、意味があるかもしれないわね。メアリー・フォーチュンをもっとよく知っていれば、誰が彼女を殺したのか、動機は何なのか、わかるかもしれない。あなたがそれを探りだしてくれるんでしょ？　殺人だけじゃなくて、押しかけてくるマスコミも、村の平穏をずたずたにするでしょう。こんなに猟奇的な殺人ですものね。すでにマスコミがつめかけてきているわ。遅かれ早かれ、誰かが昔の記事を調べて、あなたの過去の捜査について発見するでしょう。そうしたら、あなたの電話とドアベルはひっきりなしに鳴りはじめるわよ」

その言葉に応えるかのように、ドアベルが甲高く鳴った。

「わたしが出るわ」ミセス・ブロクスビーがいった。牧師の妻がドアを開け、低い声のやりとりが聞こえてから、ミセス・ブロクスビーがきっぱりとこういうのが聞こえた。「ミセス・レーズンはひどいショックを受けています。うるさくしないでください」それからバタンとドアの閉まる音。

「ありがとう」ミセス・ブロクスビーがキッチンに戻ってくるとアガサはいった。もっとも、彼女の虚栄心はあがいていた。一人きりだったら、たぶんマスコミ連中を招じ入れていただろう。

そのとき電話が鳴った。許可も得ずに、ミセス・ブロクスビーが受話器をとり、ミセス・レーズンは具合が悪いので取材には応じられないと答えた。

「壁からコードを引き抜いておいたわ。もうわずらわされることはないわよ。二階に行って、子機も同じようにしておくわね」

アガサは立ちあがり、マスコミの対応ができるぐらい、自分はしっかりしていると反論しようとした。しかし膝に力が入らず、全身がわなわな震えていた。

「ねえ、わたしはもう寝るわ」

だが三十分後、目を閉じたとき、メアリー・フォーチュンの腕の中にいるジェームズの姿が頭に浮かんだ。意志の力を総動員して、そのいまわしい空想を押しやると、アガサは眠りに落ちていった。

翌朝九時にジェームズはアガサを迎えにきた。理由はわからないが、ジェームズといっしょに外出するときの浮き立つような気持ちが消えていたので、アガサはほっとした。つくづく自分は愚かな中年女だったと自嘲した。はるか昔、女子高生のとき、上級生の男の子に胸を焦がしていたが、ジェームズ・レイシーに対して、それとまったく同じふるまいをしてしまったのだ。メアリーとの関係を知ったことの衝撃は消えていた。そして、執着になりつつあった感情から解き放たれたという奇妙な安堵がとって代わっていた。最小限のメイクをして、ありふれた白いブラウスにオーダーメイドのスカートを着て、ローヒールの靴をはいた。

「わたしの車を使いましょう」ジェームズがいった。「別々に行くのは馬鹿げている」

二人は出発した。A44号線に出るまで、沈黙は続いた。そこでジェームズが口を開いた。「ずっとこのことを考えているんですか？」

「殺人のこと？　もちろん。他には何も考えられないわ」

「供述をしたら、どこかでランチをとりながら話し合ってみませんか？」いつになくアガサが無口なので不思議に思ったのか、ちらっと横に視線を向けた。「もしあなたがよければ」そうつけ加えた。

「ええ、いいわよ」アガサはいった。気が乗らなかったのは、これ以上恋愛沙汰に、ジェームズとの恋愛沙汰に関わりたくないという気持ちのせいだった。これまでジェームズが友情以上の温かい気持ちを自分に抱いてくれたことがあったとは、もはや信じられなくなっていた。

「よかった。じゃあ、そのときまで意見を交換するのは待ちましょう」

ミルセスターの警察署で、ジェームズとアガサはまずいっしょに聴取され、それから別々に話を聞かれた。今回アガサの聴取をしたのはビル・ウォンではなかった。ビルはいないかとたずねると、彼は他の刑事たちとカースリーで捜査にあたっているという返事だった。

アガサは供述を読みあげられ、サインをした。メアリーには誰かつきあっている男性がいたのかと質問され、きっぱりと否定した。警察に答えるかどうかは、ジェームズが決めることだった。

警察署の玄関ホールでジェームズを待ちながら、もしかしたら逮捕されたのではないかと心配しかけたとき、長身の彼が現れた。

「さて、どういうものが食べたいですか？」ジェームズがたずねた。

「軽いものがいいわ。まだダイエット中だから」

ジェームズはアガサを眺めた。「ええ、たしかに効果が出ていますね。広場に新しい店があるんです。とてもおいしいサラダなんかの軽めの料理を出すし、テーブルはかなり間隔が離れている。他の人に話を聞かれる心配はありませんよ」

二人は広場を横切っていった。晴れていた空に雲が出てきて、いらだたしい、せわしない風がアガサの髪を乱し、二人の足下でほこりを巻きあげた。いつになく乾燥した夏で、しじゅう植物に水やりをしなくてはならない、とガーデニング愛好家たちは文句をいっていた。

そのレストランは静かで、二人は窓辺のテーブルに案内された。アガサはシーザーサラダを注文し、ジェームズはステーキとフライドポテト、オニオンリングを頼んだ。

「さて」ジェームズは切りだした。「何か考えつきましたか？」

アガサはためらった。以前だったら、ミセス・ブロクスビーが打ち明けてくれたことを嬉々としてしゃべっていただろう。しかし、牧師の妻の信頼よりも、賞賛されたいという気持ちを優先させたにちがいない。しかし、奇妙な忠誠心のせいでそれを思いとどまり、アガサはこういった。

「メアリーは思っていたほど人気がなかったんじゃないかと思うわ」

「どういう意味ですか？」

「直接おとしめるようなことはいわないけど、相手に愚かな田舎者だと思わせる術《すべ》を心得ていたのよ」

「たぶんね。しかし、それは殺人の動機にはならないですよ。絶対に庭と関係しているな。何かの形で庭の破壊と結びついているんですよ」

アガサはまたミセス・ブロクスビーのことを考え、ジェームズに打ち明けることができればと思った。しかし、こういった。

「殺人を犯した人間は、精神的におかしくなっていたにちがいないわ。あれは計画され、考え抜かれた殺人よ。鬱積した燃えるような憎悪によって計画が練られたのよ。いいこと。あなたはメアリーに娘がいるといった。メアリーはとても裕福な女性らしい。お金が動機かもしれないわ。庭の破壊と死体の扱いにあんなふうに手間をかけたのは、一種の煙幕で、頭のいかれた地元の人間の仕業に見せかけようとしたのかもしれない。娘はオックスフォード大学にいるんでしょ。休暇のあいだ海外にいたのかもしれないけど、そうでなければ、今日メアリーの家に来ているはずよ。娘が財産を相続するのか、それもいくらなのか知りたいものね。たぶんマスコミがうろついているでしょうけど」

「これほどの殺人でも、数日のうちに、マスコミは地元の記者に任せて引きあげますよ。今夜メアリーの家に電話して、娘がいればお悔やみをいえばいい」

「門にはマスコミが、玄関には警官が張りついているわよ」アガサが指摘した。「そっちは放っておくほうがいいわ。それより知り合いの何人かに、メアリーのことを本当はどう思っていたのかききたいわ」

「昨日亡くなったばかりなんですよ。今すぐ、実は彼女を好きではなかったという人はいないんじゃないかな」

アガサはミセス・ブロクスビーのことを思った。よりによってミセス・ブロクスビーをメアリーは怒らせたのだ。

「そうとも限らないかも」アガサは用心深くいった。気まずそうにジェームズに視線を向けた。「あなたの立場だと、誰よりもメアリーのことをよく知っているにちがいないわね」

「実をいうと、そうじゃなかったんだ。短い関係だったから」

「それで、その短い関係とやらは、どうして終わりになったの？」

二人の食事が運ばれてきたので、沈黙が続いた。ウェイトレスが行ってしまうと、ジェームズはいった。

「メアリーはとても積極的に迫ってきて、情事には慣れているし、ただ楽しい時間を過ごしたいだけだという印象を与えるようにふるまったんだ。彼女は魅力的だったし、とてもおもしろい女性だった」

ジェームズは居心地が悪そうにすわり直した。メアリーのユーモアは、しばしば村人たちを馬鹿にすることだったと思い出された。そんなときにアガサ・レーズンが戻ってきた。がっちりした体型の気取らないアガサは、なぜか村にすっかり溶けこんでいるようだった。しかし、情事が終わりになったのは、その対照的な存在のせいだけではなかった。

「思うに」とのろのろと言葉を継いだ。「メアリーは結婚を期待しはじめたんですよ。とても独占欲が強くなった」そう口にしたとき初めて気づいた。彼女のセックスは刺激的で巧みだったが、やさしさや温もりに欠けていたと。すると、嫌悪が、屈辱がこみあげてきた。

「ステーキをぜんぜん食べてないじゃないの」アガサがうらやましそうに眺めながらいった。

「あなたがそのチャンスをくれなかったから」

アガサはジェームズが数口食べるのを待ってから、たずねた。

「関係を終わらせることをメアリーに伝えたんでしょ」

「ああ、もちろんそうですよ。最初は臆病な男がするように距離を置こうとした。しかし、メアリーはわたしの家を訪ねてきて、どういうつもりかと問いつめた。わたしはもうおしまいだと告げた。一瞬、殴られるかと思いましたよ。メアリーの目には生々しい憎悪が浮かんでいた。しかし、次の瞬間、彼女はげらげら笑ってこういった。『そうね、あなたのいうとおりね。あなたはベッドの中じゃ、女性にとって神さまの贈り物とはいえないもの』そして……そして……ここでは繰り返したくないことをいくつか口にしたが、どれもからかうような口調でいわれたので、わたしは怒らなかった。いわれて当然だと思ったからです。わたしたちは友だちでいようと決めた。だから、村でメアリーの人気が凋落《ちょうらく》すると、かえって前よりも会うようになったんです。ひどい仕打ちだと思いましたからね。メアリーはわたしたちの関係については、ひとことも口外しなかった」

「警察はあなたを疑っているの？」

「情痴犯罪だと？　ええ、もしかしたら。わたしの家にロープの切れ端がないか真夜中に徹底的に捜索したし、土がついていないか服や爪を調べていきましたよ」

「それで、メアリーとの関係について話したの？」

「もちろん」

じゃあ、ビル・ウォンは知っていたのだ、とアガサはみじめな気分で思った。

「あなたの友だちのビル・ウォンに横にひっぱっていかれ、あなたが捜査に関心を持たないようにしてくれ、と頼まれました」ジェームズはいった。

「わたしの――わたしたちの」とアガサは寛大にもいい直した。「過去の成功を考えると、そんなことをいうなんてちょっと図々しいわね」

「ビルはあなたのことが好きだから、一人で殺人鬼に立ち向かってほしくないんですよ」

アガサは自分の庭についてうしろめたく感じた。ミルセスター警察のビル以外の刑事たちが、わたしの家を徹底捜索しませんように、と祈った。何も植えられていない庭と、高いフェンスを見たら、精神的に不安定だと思われるかもしれない。

「じゃあ、村の人にはほとぼりが冷めてから、質問を開始したほうがよさそうね」アガサはいった。

二人は庭の破壊について、村の誰があんなことをしそうかについて話し合った。

ランチが終わると、ジェームズはアガサを村に送っていった。初めてジェームズは一人きりになりたくないと思った。今になってメアリーの死の恐怖が実感されたのかもしれない。アガサはいっしょにいて居心地のいい、良識のある女性だ。最近は以前のようなおかしなふるまいもしていないようだった。

「わたしの家に寄っていきませんか?」ジェームズはいった。「ワードプロセッサーを立ちあげて、アイディアを書き留めていきましょう」

数日前だったら、それをどんなにうれしく思ったかしら、とアガサは思った。誘いに応じて、ジェームズのあとから本がぎっしり並んだリビングに入っていったとき、彼がメアリーと関係を持っていたという事実に、自分の愚直で希望に満ちた純粋な気持ちが踏みにじられてしまったことを実感した。

ジェームズはコーヒーのマグを運んできて、ワードプロセッサーのスイッチを入れた。新しいディスクを挿入する。

「さて」ジェームズはいった。「庭の破壊の件から始めましょう。どこの庭が破壊されたのか、リストにしていきますね。あなたは被害がなかった」

「ええ、だけど裏に門をつけたからよ。家の横手に南京錠つきの」

「わかりました」ジェームズはキーをたたいた。「被害にあったのはボグル夫妻、ミス・シムズ、ミセス・メイスン……どうしたんですか？」アガサが片手を彼の腕にかけたのだ。

「メアリーがやったのだとしたら？　頭のおかしなガーデニング愛好家が、その復讐をしたのだとしたら？」

互いの顔を見つめた。二人とも、きれいでおしゃれなメアリーが、カースリーの庭をこそこそ歩き回っている姿を思い浮かべていた。

「いいえ、それはないわね」アガサがいった。

「しかし、そのアイディアに基づいて村人たちに質問をしたほうがいいと思います。ただし、マスコミがいなくなるまで、何もできませんね」

「今夜パブに行けばいいわ」アガサが期待をこめていった。「もしかしたら地元の人間は一、二杯飲んだら、口が軽くなるかもしれない。だって、他に話題ってないでしょ」

「いい思いつきだ」ジェームズはワードプロセッサーのスイッチを切ると、アガサに微笑みかけた。「とりあえず、これはこのままにしておきましょう」

ジェームズには意外だったが、アガサはこう答えた。

「それがいいわね。じゃ、またあとで」

ハンドバッグをとると、彼女は帰っていった。以前だったら、できるだけ長くぐずぐずしていて、そろそろ帰る頃合いでは、というほのめかしを一切無視したものなのだが。

アガサは自宅に帰り、ジェームズに対する子どもっぽい気持ちをついに克服したと感じていた。しかし、その高揚感は長くは続かなかった。部下を引き連れたビル・ウォンが戸口に立っていたのだ。

「申し訳ありません、ミセス・レーズン」ビルは堅苦しい口調でいった。「メアリー・フォーチュンを知っていた村のすべての家を調べているんです。残念ながら、あなたも例外ではないんですよ」

「捜索令状を持っているの？」アガサは弱々しくたずねた。

「ねえ、いい加減にしてください。すぐに令状がとれることは知っているでしょう。何か隠したいものでもあるんですか？」

「冗談よ」アガサはみじめにいった。

不安だったのは屋内の捜索ではなかった。彼らが庭に出ていったとき、恐怖は頂点に達した。手入れのされた芝生を縁どる花壇は、雑草がきれいに抜かれ、何も植えられていなかった。一人の捜査員がそれを目にしていった。

「わたしと同じですね、ミセス・レーズン。わたしもガーデニングが嫌いなんですよ。しかし、どうしてこんな高いフェンスを？　上部をとりはずして、太陽の光を入れられるようになっているようですね」

「近所の連中が詮索好きだから、のぞかれないためよ」アガサはけんか腰で答えた。

「でも、あなたの庭をのぞけるのは、隣のミスター・レイシーだけですよ」別の捜査員がいった。「あの人は詮索屋には見えませんが」

「とにかく、やるべきことをさっさと片づけてちょうだい」アガサはつっけんどんにいうと、きびすを返してキッチンに戻っていった。

この事件は、庭の公開日までに解決してもらわねばならない。さもないと警官たちがまだうろついていて、わたしがインスタント・ガーデンをでっちあげたら、ずるがばれてしまう。

とうとう捜索は終わった。ビル・ウォンがあとに残った。

「メアリーのお嬢さんは到着したの？」アガサは彼の前にコーヒーのマグを置きながらたずねた。

「ええ、ベス・フォーチュンといって、オックスフォード大学で歴史を勉強しています。ボーイフレンドを連れてきたんですが、メアリーが殺された夜、あなたがパブで見かけた見知らぬ男性だと判明しました」

アガサは目を輝かせた。「動機があるわ。ベスは遺産を相続するので、ボーイフレンドに汚れ仕事をやらせた。ボーイフレンドはあの晩、村で何をしていたのか説明しているの？」

「彼はジョン・デリーといいます。ウォリックの友人たちを訪ねていたので、帰り道にカースリーに寄ったとか。ベスから村の話を聞いていたので、一度見てみたかったそうです。メアリーは訪ねていませんでした。オックスフォードでベスといっしょにランチを一度とっただけだし、嫌われていたそうなので。ウォリックの友人たちに確認したところ、夜の七時まで彼がいたことを証言してくれました」

「で、メアリーはいつ殺されたの？」

「時刻と死因はまだ調べているところです」

「教えてもらえる？」

「アガサ、メアリー・フォーチュンを殺した人間は頭がおかしくて危険です。放っておきなさい」

「わかったわ」アガサはおとなしく答えたが、ビルは疑わしげに彼女を見つめた。

6

殺人事件から一週間が過ぎ、全国紙はすでに事件をあらゆる角度から論じ尽くしてしまった。ちょうど関心が薄れかけてきたとき、ある記者が司書のミセス・ジョセフスがまさにそのコテージで殺害されたことを発見した。それによって、もっと下品なタブロイド紙の特集記者たちはそこを「死の家」と呼ぶようになった。かたやもっとお堅い新聞は軽薄なタブロイド紙を冷笑しつつも、自分たちの論点を証明するために「死の家」の記事から引用した。それが扇情主義を避けるように見せかけておいて、実はそれを利用するお堅い新聞の伝統的手法なのだ。

しかし、ジャーナリズムの世界では一週間は長い。そこで、捜査の進展を追うのは地元紙とニュース配信会社に任され、テレビ局はカメラや音響機器や衛星受信アンテナを片づけ、町に引きあげていった。

アガサとジェームズは〈レッド・ライオン〉に行ったが、得るところはなかった。

そこで、ほとぼりが冷めるのを待って、また聞き込みをすることにした。しばらくして、娘のベスとボーイフレンドがメアリーのコテージで暮らしはじめ、ついにマスコミは門から撤退し、警察も玄関からいなくなった、とアガサに報告してきたのはジェームズだった。そろそろ行動開始だ。

村では葬儀が行われなかった。ようやく検死から返された遺体は、オックスフォードで火葬にされ、灰は農業漁業食糧省の規則で定められたどこかの海にまかれることになっている。ようやくそれだけをミセス・ブロクスビーから聞きだしてきた、とアガサのキッチンにすわり、ジェームズはいった。教会で追悼式をするのかとたずねたところ、ミセス・ブロクスビーは妙によそよそしく、それはミセス・フォーチュンのご家族の問題だし村人が決めることではない、といったそうだ。

「どうやら」とアガサはいった。「しばらく時間を置かないと、村の人たちはメアリーをどう思っていたのか打ち明けそうにないわね。あなたにも同じことがいえるんじゃないかしら。メアリーは何度かわたしに意地の悪いことをいったから、他の人たちにもそうしていたにちがいないわ。あなたのいったことから、というか、いわなかったことから推測して、関係を終わらせたとき、あなたにはとびきり毒のこもった言葉をぶつけたんでしょうね。それでも、友人としてメアリーと会い続けた。どうしてなの？」

ジェームズは長いこと逡巡し、インスピレーションがわくのを待っているかのようにコーヒーカップを見つめていた。やがて苦い笑みを浮かべて顔を上げた。

「屈辱感と罪悪感のせいかな。メアリーを本当に傷つけてしまったという罪悪感。メアリーのような女性とそもそも関係を持つべきではなかったという屈辱感。それにわたしは傲慢だった。メアリーは本当はちゃんとした人間だから、友人になれる、と自分を納得させたかったんですよ。どんなにこじれた関係も友情に変えられると思いたかったんでしょう」

そのとおりね、とアガサは憂鬱な気分で思った。ジェームズを見るたびに感じる切なさを、わたしはいつか乗り越えることができるのかしら。

「他にもあるんです」ジェームズは静かにいった。「ようやく今気づいたんですよ。メアリーにはどこか暴力的な気質があったんじゃないかと思います」

「おもしろいわね。でも、だからといってそのことからは何もわからないわ」アガサはいった。「暴力をふるわれたのは彼女のほうなのだから」

「だけど、暴力は暴力をひきつけるものでしょう？」ジェームズは熱心にいった。「それに、たいてい家庭内でふるわれるものです。元夫の居場所と英国にいるかどうかを調べたほうがいい。アメリカのロサンジェルスで結婚したことはわかっています」

「ニューヨークに住んでいたといってたわ！」

「ええ、離婚のあとそっちに引っ越したのかもしれない」

アガサは立ちあがった。「お嬢さんを訪ねるべきだと思うわ。お嬢さんはあなたが母親と関係を持っていたことを知っているのかしら？」

ジェームズはうっすらと顔を赤くした。「わかりません。たぶん知らないんじゃないかな。母と娘はろくに口もきかない関係だという印象を受けましたから」

「ともかく行ってみましょう。何か持っていくべきかしら？　ふつう、何か持参するものなの？」

「花とかケーキとか？　いや、いいんじゃないですか。低い声でお悔やみを述べるのが最近の慣習みたいです」

アガサはリビングを出るときに、ドアを慎重に閉めてから、猫たちを裏庭に出してやった。庭を見て、顔をしかめた。高いフェンスからかろうじて射しこんだ日光が作るわずかな日だまりに、猫たちはまっすぐ歩いていった。

二人はメアリーのコテージに向かいながら、前回ここをいっしょに歩いたときのことをおのおの考えていた。前庭を抜けて、ガラスで囲まれた正面の増築部分に近づいていった。裏側には温室が増築されている。メアリーはコテージの外見をすっかり変えてしまったので、ミセス・ジョセフスが住んでいたときのちっぽけなみすぼらしい家の面影はまったくなかった。

ジェームズがベルを鳴らしたあと、アガサは一瞬、メアリーがドアを開けて出てくるような気がした。ふいにメアリーが死んでしまったことが信じられなくなった。あんな残酷なやり方で殺されたことが。

しかしドアを開けたのは、まったくメアリーに似ていない二十代前半の女性だった。茶色の目、血色の悪い顔、長く細い鼻、たっぷりしたつややかな黒髪の持ち主だった。男物のタータンチェックのシャツを着て、すそを短いショートパンツの上に出している。脚はとてもとても長く、白く、むだ毛をそっていなかった。

「ミス・フォーチュンですか？」ジェームズがたずねた。

「はい？」女の子は興味深げにジェームズを見てから、アガサに視線を移した。

「こちらはミセス・アガサ・レーズンで、亡きお母さまの友人です。わたしはジェームズ・レイシーで、やはり友人です。お悔やみにうかがいました」

彼女は一歩さがった。「どうぞお入りください」

リビングでは、ボーイフレンドのジョン・デリーが肘掛け椅子にだらしなくもたれていた。現代の若者らしく、ベスは彼を紹介しなかった。

「コーヒー、それともお茶？」

「いえ、けっこうです」ベスがキッチンに消えているあいだの時間をむだにしたくなかったので、アガサは断った。「警察はお母さまの死因を突き止めましたか？」さっそくアガサはたずねた。

「犯人はまず除草剤を飲ませ、それから吊したんです」ベスはいった。その目に涙はなく、声の調子は硬く、どちらかといえばいらだたしげで、かすかなアメリカ訛りが聞きとれた。

「ご心配なく」ジェームズがいった。「警察がじきに犯人を見つけますよ」

「どうやって？」ジョン・デリーが初めて口をきいた。

「手がかりがたくさんあるにちがいありません」ジェームズはいった。「メアリーを縛ったロープ、除草剤、いろいろなものが」

「そのロープは」とベスがいった。「ウールワースで売っているような昔の洗濯物干し用のひもで、かなり前に買われたものみたいです。最近はビニール製のものしか手に入らないでしょ。死体を発見した二人のもの以外には、指紋はまったく検出されなかったんです」彼女はわずかに目を大きく見開いた。「ああ、あなたたちがその二人だったんですね？」

アガサはうなずいた。ベスの冷静沈着ぶりにはなんとなく気後れを感じた。

「お父さまはお葬式にいらっしゃるの？」

「来ないと思います。父は母を憎んでいましたから」

「じゃあ、まだアメリカにいらっしゃるのね？」

「ええ、ロサンジェルスに」

「連絡はあった？」

「数日前に電話をかけてきて、力になれることがあるかときかれました……経済的に。でも、母はわたしに充分なものを遺してくれましたから」

「お父さまはどういうお仕事をしているの？」

「父は……」ベスの目が鋭くなった。「あの、訪ねてきてくださってありがたいんですけど、ジャーナリストとその詮索がましい質問にはほとほと嫌気がさしているんですよ。なのに、自分の家のリビングで、また質問攻めにされるのは我慢できないわ」

「ごめんなさい」アガサは消え入りそうな声でいった。

ジェームズはとりなすように、ガーデニング・クラブでのメアリーの働きぶりや、村人たちにいかに好かれていたかについてしゃべりはじめた。アガサはこっそり部屋を見回した。リビングはすでに様変わりしていた。グリーンの壁紙は塗り直され、壁は一様に白くなっている。メアリーがマントルピースやサイドテーブルに飾っていた、たくさんの小さな磁器の飾り物はなくなっていた。隅に新しい書棚が、というか、ブロックの上に板を渡したものが置かれ、大量の本が並べられていた。グリーンの敷きつめのじゅうたんの上には、色あせてすり切れたペルシャ製ラグ。グリーンのカーテンははずされ、ヴェネチアンブラインドに交換されていた。ベスかジョン・デリーは、部屋からできるだけグリーンをとり除こうとしたようだ。

「あなたもガーデニングはお好きなの、ミス・フォーチュン？」アガサがたずねた。

「いいえ、関心がありません。温室の植物はすべて、ああいう熱帯植物が好きなオックスフォードの友人に持っていってもらいました。ヒーターも切りました。温室はいい書斎になりそうだわ」

「じゃあ、こちらに住むつもりなのね？」アガサはたずねた。

ベスはじろっと彼女を見た。「いけません？」

「オックスフォードに部屋を借りていると思ったんです」アガサは力なくいった。

「もちろん。だけど、今は大学の休暇中ですから。もうお忘れかしら？」ベスはいきなりジェームズの方を向いた。「待って。あなたはジェームズ・レイシーとおっしゃいました?」

「ええ」

「二人だけでちょっとお話がしたいんです。ジョン、ミセス・レーズンを玄関にご案内して」

アガサは立ちあがっていとまを告げるしかなかった。外のポーチでジョンはアガサを見下ろした。

「あんたのこと、聞いたことがあるよ。村の詮索屋だろ。二度とここに来ないでくれ」

アガサは怒った猫のように体をこわばらせて帰っていった。

家に帰ると、掃除の女性ドリス・シンプソンがいた。

「ほら、今朝の新聞にミセス・フォーチュンのご主人についての記事が出ていますよ」

「なんですって!」アガサは新聞をつかむと、キッチンのテーブルでページを繰った。

〈デイリー・メール〉のアメリカの記者が、メアリーの元夫バリー・フォーチュンにインタビューしていた。きわめて恐ろしい殺人について聞き、残念だ、という彼の言葉が引用されている。メアリーとは十五年前に友好的に別れた。バリーはすでに再婚し、ビデオレンタルショップのチェーンを所有していた。今朝、新聞を読んでから出かけていれば、不必要な質問をしなくてすんだのに、とアガサは地団駄を踏んだ。

「それから郵便物です」ドリスはテーブルに封筒の束を置いた。

アガサはざっと目を通した。ミルセスターの弁護士事務所からの手紙があった。差し出し人の名前が封筒の外側にしゃれた黒い文字で印刷されている。〈カーター、バング、デズモンド〉。封筒を開け、驚きのあまり眉を吊りあげた。ミセス・メアリー・フォーチュンの遺言に関することだった。「事務所を訪ねていただければ、利益になることをお教えします」

「戻ってきて、ドリス」彼女は叫んだ。

掃除の女性はキッチンに戻ってきた。「お宅の猫ちゃんたちが気の毒ですよ」ドリスはいった。「裏庭の強制収容所で遊ぶのは楽しくないみたいで」

「もうじき公開日だわ。そのときにフェンスを低くする予定よ。誰にもしゃべってないわよね？」

「もちろんですとも！　どういうご用ですか？」

「これを見て」アガサは手紙を差しだした。

ドリスはゆっくりと文面を読んだ。「びっくりですね」

「メアリーがわたしに何か遺してくれたなんて、思ってもみなかったわ」

「そのことで驚いたんじゃありません」

「じゃあ、どうして？」

「あなたとは知り合って間もないでしょう。とっくに遺言は作ってあったはずです。どうしてあなたのためにそれを書き替えたんでしょう？　もしかして、自分が死ぬとわかっていたんですか？」

「その可能性もあるわね」

ドアベルが鳴った。「ジェームズだわ」アガサはまだ手紙を読みながらいった。「玄関に出てもらえる、ドリス？」

ドリスは不思議そうにアガサを見た。ふだんなら、アガサは二階に駆けあがっていき、メイクをするか、着替えをするかしたからだ。

ジェームズがキッチンに入ってくると、アガサは手紙を差しだした。

「ああ、それですか」そういいながらジェームズは彼女の隣にすわった。「今朝、わたしも受けとりました」

「話してくれればよかったのに」

「何か遺されたなんて、気まずかったので。状況を考えると」

「それはそうと、ベスはあなたに何を話したがったの?」

ジェームズは立ちあがりキッチンのドアを閉めると、テーブルに戻ってきてまたすわった。

「メアリーはベスに今年の初めに電話して、また結婚するつもりだと伝えたんだそうです……わたしと」

「まさか！」

「ああ、まさに……まさか、といいたいですね。ベスはわたしを第一容疑者だとみなしている気がしました。弁護士事務所に行ってみましょう。ところで、どうしてキッチンに照明をつけて、窓のブラインドをおろしているんですか？」

「気にしないで」アガサはあわてていった。「行きましょう」

そして、またわたしは田舎の村をジェームズと走り回っているんだわ、とアガサは自嘲気味に思った。ただし今回は何もかもが……ありきたりに感じられた。でも、これまでにない超然とした態度をとれるようになったことで、自分をほめてやりたかった。

弁護士事務所は広場からちょっと入った石畳の横町にあった。古い建物が軒を寄せ合っていて、太陽をさえぎっている。事務所に入っていくと古ぼけたタイプライターの前に、容色の衰えた女性がいた。二人が名前を告げると、すわって待つようにいわれた。女性は奥の部屋に入っていった。デスクの背後から射しこむ光の中で、ほこりの粒子が躍っている。二人は並んで馬毛のソファにすわった。かびくさいオフィスの他の品物と同じく、ソファもヴィクトリア朝時代のものだった。

十分ほどして、二人は奥に招じ入れられた。立ちあがって出迎えた弁護士が比較的若かったのは意外だった。アガサは鼻眼鏡に頬ひげを生やした年配の紳士を想像していた。

「ジョナサン・カーターです。どうかおすわりください。二人とも故ミセス・メアリー・フォーチュンの遺言における受託者です。きわめて簡潔で明快な遺言です。お時間はとらせませんよ」弁護士は数枚の厚紙を手にとり、ぱらぱらとめくった。「お二人に関係のある部分だけをお読みします。驚かれるかもしれませんが、いくつかの遺贈を除き、莫大な遺産はすべてお嬢さんに行くことになっています」

アガサはうしろめたい気持ちを抱いた。かわいそうなメアリー。本当にわたしを好きだったのね。それなのに、わたしは彼女の死を悼んでもいない。あのぞっとする死体を発見したあと、ジェームズが彼女と寝ていたと告白したせいで、わたしはショックと絶望しか感じていなかった。

「ミスター・レイシー」弁護士がいった。「ここに記されているのはミセス・フォーチュンの言葉だということをご理解ください。『グロスターシャー、カースリー村ライラック・レーン八番地在住、ミスター・ジェームズ・レイシーに、わたしは与えられたサーヴィスの代価として五千ポンドを遺します。ただし、そのサーヴィスは実際のところ、それだけの価値はありませんでしたが』」

ジェームズは押し殺した声で「ありがとう」といった。

「『グロスターシャー、カースリー村ライラック・レーン十番地在住、ミセス・アガサ・レーズンに、わたしは五千ポンドを遺します。評判のよいダイエット施設に行き、中年太りを解消できるように』」

「ろくでなし」アガサはぼそりとつぶやいた。

「当然、お金を受けとられるでしょうな」弁護士はいった。

「わたしはほしくありません」ジェームズはかすれた声でいった。

「じっくり考えてください」弁護士はいった。「たしかに、これは悪意のこもった遺贈です。しかし即刻拒否することはしないでください。誰にとってもお金は必要なものですよ」

「あなたは受けとるつもりですか？」ジェームズは弁護士事務所を出て広場へ歩いていきながら、アガサにたずねた。

「あら、もちろん。メアリーはもう生きていないのよ。つまり、お金はお金ってこと。ねえ、ジェームズ、実際にメアリーが、今わたしたちが感じているほど意地悪な人間だったら、誰かに殺されても不思議じゃないわね」

「世間には悪意のある人間が山ほどいますよ」ジェームズが大股になったので、アガサは追いつくために小走りにならなくてはいけなかった。「だけど、誰もそういう連中を殺して回っていない」

「ビル・ウォンに会いに行きましょう」アガサは息を切らしながらいった。「それから、ちょっとゆっくり歩いてちょうだい」

ジェームズがいきなり立ち止まったので、アガサは彼にぶつかりそうになった。

「どうしてビル・ウォンに？　彼は事件に関わるなとあなたに警告してるんですよ」

「だけど、メアリーの遺言のことを話せば、彼からも何か情報を引きだせるかもしれないわ」

「遺言のことは彼に話したくありません」

「わからないの？　いずれ警察は遺言の中身を知るわよ。わたしは自分の遺贈について話すつもりよ。いやならあなたは来なくてもいいわ」

ジェームズはポケットに両手を入れ、かかとに体重をかけて体をかすかに揺らしながら、足下を見つめてしばらく立っていた。「わかりました」いきなりいった。

二人は警察署まで歩いていき、受付でビル・ウォンを呼びだしてもらった。ほどなくビルは歓迎の笑みを浮かべて階段を下りてきた。

「ちょうど昼休みなんです」ビルは楽しげにいった。

「時間があるなら、ランチをおごるわ。報告したいことがあるの」

「また、素人探偵ごっこをして、あちこちひっかき回しているんじゃないでしょうね」ビルがいった。

「いいえ、ちがうわ。わたしたちのニュースを知りたいの？　知りたくないの？」

「ランチをいただきたいですね」ビルはにやっとした。

「ジェームズがこのあいだ連れていってくれたレストランに行きましょう」アガサがてきぱきといった。

レストランで、アガサはサーロインステーキにポテトのソテー、グリルしたトマトと豆を添えたものを注文した。

「ダイエットはどうなったんですか?」ジェームズがたずねた。

「ダイエットなんてもうごめんだわ」アガサはぴしゃりといった。

もう耐える必要はないと心の中で考えていた。もはや競争相手もいないし、ジェームズ・レイシーに対するロマンチックな気持ちも失ってしまったのだ。もちろん、自分のためにスリムになるべきだ、自分のために居心地よく感じるべきだ、という女性誌の記事はいやというほど読んでいる。しかし、アガサにとってそれでダイエットがうまくいったためしはなかったし、永遠にうまくいかないのではないだろうか。

料理が運ばれてくると、ビルはいった。「さて、何を報告したいんですか?」

「わたしはメアリーの遺言で受託者になったの」アガサはいった。

「知ってますよ」ビルはいった。「それにこちらのミスター・レイシーもですね」

「ジェームズと呼んでください」彼は訂正した。「実に無礼な遺贈だった」

「考えてみると、メアリーはわたしたちを憎んでいたにちがいないわ」アガサがいった。「それにどうして最近になって遺言を書き替えたのかしら? もっと長く生きられると思っていたはずよ」

「必ずしもそうじゃないでしょう」ビルがいった。

「どうして?」

「あなたに首を突っ込んでほしくないんです」

アガサは片手を伸ばした。「そのステーキ・アンド・キドニー・プディングのお皿をとりあげるわよ、ビル・ウォン。説明してくれないなら」

「手を出さないでください。ぼくははらぺこなんです。ああ。マスコミがいずれつかむでしょうね。昔、ご主人が離婚を申し立てたとき、メアリーは自殺を企てようとしたんですよ」

「脅迫だ」ジェームズがいった。「おそらく、本気で死ぬつもりじゃなかったんですよ」

「いえ、成功しかけたんです――睡眠薬とウォッカで――しかし、ちょっとした奇跡が起きた。メアリーの部屋を見晴らせる隣人が、向かいの女性たちを双眼鏡で観察していたんです。ただし、バードウォッチングをしていたんだと警察にはいい張ってますけどね。そして彼はメアリーが錠剤を飲み、ウォッカを飲み、また錠剤を飲み、ついにぐったりとテーブルに突っ伏すのを見て、救急車と警察を呼んだ。メアリーは病院に救急搬送され、胃が洗浄された。その後、何度か鬱病で治療を受けています。最後はニューヨークに住んでいるときでした。離婚後、西海岸からグリニッチ・ヴィレッジのワシントン・スクエアにある部屋に移ったんです」

「掃除の女性のドリス・シンプソンは、みんながメアリーを好きだったみたいに見えたときに、唯一彼女を好きじゃなかった人なの」アガサはいった。「ドリスは『温かさが感じられない。まるで演技しているみたいだ』といってたわ。あなたはそう思う？　どうしてコッツウォルズに来たのかしら？」

「メアリーは英国人ですよ」ビルが指摘した。

「どこの出身？」

「もともとはニューカッスルです。両親は亡くなっています。よその土地からたくさんの人々がコッツウォルズに引っ越してきていますよ。たとえば、あなた方二人も」

「だけど、こう思わない？」アガサは自分の推理を語った。「メアリーは村の完璧な貴婦人を演じていた。お菓子を焼き、ガーデニングをして。生きていたら、その演技に飽きて、どこか別の場所に引っ越し、また別の役を選んだかもしれないわ」

「ただの推測ですよ」ビルはいって、首を振った。「もっと確かな事実を求めているんです。ちょうどお二人がそろっていることだし、ちょっと協力していただきましょう。まず、庭を破壊された人々から始めましょう。ミセス・ブロクスビーは？　よりによってミセス・ブロクスビーに恨みを抱いている人間がいますか？」

メアリーよ、とアガサは思ったが、その疑いを口にするには牧師の妻の秘密を話さなければならなかった。

しかし、別のことが閃《ひらめ》いた。「ジェームズ、わたしをイヴシャムへディナーに連れていってくれる予定だったときのことを覚えてる？」

「忘れっこありませんよ。あれは食中毒にかかった日だった」

「そして、その日、あなたはメアリーを訪ねたんでしょ？」

「何をいいたいんですか、アガサ？　彼女と食事はしていませんよ」

「だけど、もちろん何か食べたでしょ？」

「ええと、コーヒーと手作りのケーキでしたね、たしか」

アガサは目を輝かせた。「それから気分が悪くなって、わたしをディナーに連れていけなくなった。あなた、わたしをディナーに連れていくとメアリーに話したでしょ」

「ちょっと待ってください」ビルが口をはさんだ。「そこまでにしてください。メアリーがケーキに何か入れたので、ジェームズは具合が悪くなり、外出できなくなったといっているんですか？」

アガサはうなずいた。

「馬鹿馬鹿しい」ジェームズがいった。

「メアリーもケーキを食べたの？」

ジェームズはのろのろと答えた。「いや、食べなかった。ダイエットがどうのといっていたな」

実をいうと、メアリーはスタイルにかまわずにどんどん太って、アガサ・レーズンみたいなみっともない女性にはなりたくない、といったのだった。

ビル・ウォンの目つきがふいに鋭くなった。

「メアリー・フォーチュンが庭を破壊した犯人かもしれないと、ほのめかしているんですね。ミセス・ブロクスビーについて、ぼくたちに話していないことがあるんですか、アガサ？」

「いいえ」アガサはぼそっと答えた。

長いあいだアガサを見つめてから、ビルはいった。

「いいでしょう。あなたから始めましょう、ジェームズ。今のところ、庭を破壊したのは競争相手を蹴落とすためだった、と考えられています。しかし、アガサの推理を検討してみましょう。庭に火をつけられる前に、メアリーを動揺させましたか？」

「実をいうと、関係はおしまいだと告げた直後だった」

「じゃあ、残りの例を見てみましょう。ボグル夫妻は？」

「彼らのことは忘れて」アガサはいった。「二人は村人全員を不愉快にしているわ」

「わかりました。じゃあ、ミス・シムズだ。婦人会の書記をしているシングルマザーですね」

「直接きいてみなくちゃわからないわ」アガサはいった。「彼女は人をいらだたせるタイプじゃないもの」

「では、ミセス・メイスンは？」

「同じよ」アガサはむすっとしていった。「きいてみないと」

「ミスター・スポット、金魚に毒を盛られた人は？　つまり万が一、メアリーがささいな復讐を企てていたら、必ずしも植物には限らないわけです」

「バーナード・スポットはメアリーを賞賛していましたよ」ジェームズがいった。

「メアリーを怒らせるようなことは、ひとことだって口にしなかった」

「何も出てきませんね」ビルがため息をついた。「あなたの理論には根拠がないと思いますよ、アガサ。もし腹を立てたガーデニング愛好家の一人がメアリーに復讐したとして、誰がやったと思いますか？　ミセス・ブロクスビー、ミス・シムズ、ここにいるジェームズ、ミセス・メイスン、ボグル夫妻、あるいは老ミスター・スポット？」

「家族か、メアリーが過去にかかわりのあった人物かもしれないわ」アガサはいった。

「元夫はずっとアメリカにいたの？」

「ええ」

「だけど、メアリーが知っている誰かにちがいないですよ」ジェームズがいきなりいいだした。

「どうして？」

「無理やり押し入った形跡はなかった。メアリーはその人物のためにドアを開けたんです。そして毒を飲まされていた。何者かが飲み物に除草剤を混ぜて。どんな飲み物ですか？」ジェームズはビルにたずねた。

「わかりませんが、胃の内容物からして、ブランデーだと思います。除草剤がたっぷり入っていた」

「では除草剤の販売店をすべて調べたんですか？」

ビルはうめいた。「コッツウォルズに除草剤を売っている店がいくつあると思いますか？　数えきれないほどです。しかし、ええ、一軒一軒回ってますよ」

アガサはウェイトレスからメニューを受けとり、じっくり眺めた。

「プディングを注文するなんていわないでくださいよ、アガサ」

「べたべたした甘いプディングにするわ」アガサは断固としていった。「みなさんは？」

全員がべたついたキャラメルシロップのかかったプディングを頼んだ。最後のプディングのかけらを口に運びながら、アガサは憂鬱な気分で考えた。どうしてかつては食道を滑りおりていっても何の変化も起こさなかったこういう甘いデザートが、今ではたちまちスカートのウエストをコルセットみたいにきつくするのかしら？

「たぶん娘がいちばん怪しいわね」アガサがコーヒーを飲みながらいった。「とても単純な理由よ。彼女が相続するんだから。彼女がやったのよ。あるいはボーイフレンドが」

「自分の母親をですか？」ジェームズが反論した。

「頭のおかしな人間の仕業に見せかけようとしたんだわ」アガサはいった。

「これだけはいっておきます」ビルがいった。「頭のおかしな人間だとしても、玄関から訪ねてきたやつだったかもしれないんですよ」

「そしてメアリーは犯人を家に入れ、ブランデーをふるまった！　ありえないわ」アガサはきっぱりといった。

ビルは大きなため息をついた。「ランチをごちそうさま。もう戻らなくては。彼女が過去にかかわりのあった人間の仕業なら、誰なのか絶対に見つけられないでしょうね」

「あなたに手を引かせたがっているようだ」ビルが帰ってしまうと、ジェームズがいった。

「じきにみんな口を開くと思うわ」アガサはいった。「まずミセス・メイスンを訪ねましょう。彼女は分別のある女性だわ。手がかりがつかめるまで、ただ質問を続けていればいいのよ」

7

その日の午後、アガサとジェームズはミセス・メイスンを訪ね、お茶とスコーンを前にリビングにすわっていたが、たいした収穫はなさそうだった。ミセス・メイスンは抑えた声で〝かわいそうなメアリー〟について語った。アガサもジェームズも、カースリー婦人会の議長が死者に対して本音ではどう思っているのか探りだすにはどうしたらいいだろう、と心の中で策を練っていた。

口火を切ったのはジェームズだった。「誰よりもあなたは悲嘆に暮れているでしょうね、ミスター・レイシー」というミセス・メイスンのつぶやきに自己弁護しようとしたのだ。ベルベット張りの肘掛け椅子にすわり、長い脚を前方に投げだして、ジェームズはいった。「殺人にはショックを受けたし悲しんでいますが、嘆いてはいませんよ。メアリーのことはよく知らなかったんです」

ミセス・メイスンはびっくりしたようだった。「だけど、てっきり……」

「メアリー・フォーチュンとは関係を持っていました。村のほとんどの人が知っているようですね。その関係は数カ月前に終わったんです。しかし、それにもかかわらず、繰り返しますが、わたしは彼女のことをあまり知らなかった。それに、メアリーには人を怒らせる癖があったのではないかと信じるにいたりましてね」

「わたしが思うに」とアガサがミセス・ブロクスビーの話を思い出して、すばやく口をはさんだ。「メアリーは相手に屈辱を覚えさせるように仕向けたんじゃないかと思うの。だから、メアリーにいわれたり、されたりしたことを人に打ち明けられなかったのよ」ジェームズが鋭い視線をアガサに向けた。

「そうね、もちろん、そういわれてみれば……」ミセス・メイスンは眼鏡を直し、アガサをじっと見た。「わたしは大げさに感じすぎていたみたいだわ」

「何をですか？」

「メアリーはこういったの、とても感じのいい口調で、どうして婦人会の役職には選挙がないのかしらって。『何をいいたいの、ミセス・フォーチュン？』ってわたしはたずねた。彼女はにっこりして、数年間ずっと、わたしが議長で、ミス・シムズが書記をやっているみたいだからといった。誰も文句をいってないわよ、とわたしはいい返した。『あら、あなたに直接文句をいうことはないわよ。でも、いろいろ不平不満は口にされているみたい』そうなの、不平不満、といったのよ。『どんなことで？』とわたしはむっとして追及した。すると彼女は『あら、組織の長には新しい人を求めているメンバーもいるってことよ』と甘ったるい声でいったの。わたしは腹が立ってきたわ。『たとえば、あなたとか？』むしゃくしゃしてたずねたわ。すると『いけない？　あなたは反対なの？』と切り返してきた。『わたしはかまわないわよ。でも、決定はみんなに任されているわ』そう答えたわ」

ミセス・メイスンは息継ぎのために言葉を切った。首が赤く染まっている。

「それっきり、その話題が出なければ気にしなかったわ。だけど、さらにメアリーは『リトル・ラディントンでは、とても若くて見栄えのする女性を婦人会の議長にしているのよ』といったの」ミセス・メイスンはメアリーの鼻にかかったアクセントを下手に真似ていった。

「わたしは新しいブルーのスーツを買った――覚えているわよね、ミセス・アガサ、あなた、ほめてくれたでしょ――このあいだの会合には、そのスーツにパールのネックレスをつけていった。ミセス・フォーチュンはそれをちらっと見て、小馬鹿にしたように微笑んだの。とたんに、むだにお金を使うんじゃなかったと後悔したわ。あの人は独特の笑い方をするのよ、まるで『何をしようとむだだよ、あなたは絶対にレディには見えないわ』といっているみたいな。

わたしはミセス・ブロクスビーに相談した。そうしたら、わたしが議長であることに誰も不満をもらしていないといわれたわ。その反対だって。たくさんの賞賛の言葉を聞いているといってくれた。そのことはもう考えないほうがいいわ、って。だけど、ミセス・フォーチュンのほうが議長としてふさわしいんじゃないかとわたしがいうと、ミセス・ブロクスビーはこう断言した。『いいえ、そんなことはまったくないわ』

わたしはしゃくに障ったので、ミセス・フォーチュンに村の店で会ったときにこういってやったの。『ミセス・ブロクスビーにわたしが議長でいることに不満を持っている人がいるかどうかきいてみたわ。そうしたら、まるでその反対ですって！』すると、メアリーはじっとわたしを見てから、静かにこういった。『ミセス・ブロクスビーはとてもやさしい女性ですものね』それで、またとっても気分が悪くなってしまったの」

「そのあとどのぐらいして、あなたの庭が破壊されたの？」アガサが身をのりだしてたずねた。

「ちょっと待って、日記を見てみないと」ミセス・メイスンは化粧板製のサイドボードのところに行き、ナイフの入った引き出しの奥から革装丁のノートをとりだしてきた。「ええと」とページを繰っていく。「ああ、ここに村の商店内の郵便局で彼女と会ったことが書いてあるわ」さらにページを繰った。「その三日後ね」

アガサは勝ち誇った目でジェームズを見た。

「だけど、こういうことがあの庭の一件とどういう関係があるの?」ミセス・メイスンがたずねた。

「わたしたちはすべての手がかりを追っているのよ」アガサはあいまいにぼかした。

「じゃあ、また探偵ごっこをしているの?」

「遊びじゃないわ」アガサはぴしゃりといった。「真剣そのものよ」

「たぶんバーミンガムから来たごろつきどもの仕業よ」とミセス・メイスン。「ここの人間が悪意のこもった言葉のひとつやふたつで殺人を犯すわけがないもの。もうひとつスコーンをいかが?」

「次はボグル夫妻かしら?」アガサが気が重そうにたずねた。「ほら、誰かがバラに黒いペンキを噴きつけたでしょ」

「行く必要があるかな? メアリーがボグル夫妻を怒らせるより、その逆のほうが多かったんじゃないかと思いますけどね」

「わたしもボグル夫妻には我慢できないわ」アガサはいった。「だけど、メアリーといざこざがあった直後にバラがだいなしにされたとわかったら、興味深いでしょ」

「あなたは見当はずれの推理をしている気がしますよ、アガサ。こうした庭の破壊は、すべて数日のうちに起きています。もっと間隔が空いていたら、犯人をつかまえるチャンスもあったかもしれないが、すべて矢継ぎ早に起きている」

「ともかくボグル夫妻を訪ねてみましょう。わたしを一人にしないでね、ジェームズ。ボグル夫妻に話を聞くには援護が必要だわ」

ボグル夫妻は村はずれの公営住宅に住んでいた。その家はカロデンと名づけられているが、夫婦のどちらも有名なスコットランドの戦争に興味があったわけではない。その表札を売っていた地元の種苗園でたまたま目について買ったので、そう名づけただけだった。

村の人々が年配者にはやさしいことにつけこんで、ボグル夫妻はできる限りの同情を引きだしていた。彼らは遠回しのほのめかしはしなかった。昼間の外出や町へのドライブを当然の権利として、さまざまな人に遠慮なく要求したのだ。

「いい、覚えておいて」アガサは警告した。「外出を求めてきたら、わたしたちの車はどちらも使えないといってね。きっぱりと嘘をついたほうがいいわ。さもないと、バースとかブリストルとかまで運転させられる羽目になるわよ。一度バースに連れていったことがあるけど、まさに悪夢の一日だったわ」

「彼らを訪問しても、時間のむだだと思いますよ」ジェームズは不安そうにいった。

「わたしもあの夫婦は好きじゃないわ。だけど、とても口が悪いから、遠慮のある他の人よりも役に立つかもしれない」

ジェームズがドアベルを鳴らすと、〈ポスト・ホルン・ギャロップ〉が意気揚々と流れた。ねぐらで年老いた動物が動き回っているかのような、奇妙なすり足が家の中から聞こえてきた。

さんざん待たされてから、かんぬきが引かれ、鍵が回り、ドアがチェーンをつけたまま少し開き、ミセス・ボグルが二人を窺《うかが》った。

「ああ、あんたたちなの。どういうご用？」

「メアリー・フォーチュンのことで、ちょっとお話があって」アガサはいった。

ミセス・ボグルの年老いた目が悪意でぎらついた。「その人にきいたら？　誰よりもメアリーのことを知っているはずよ」

「入ってもいいですか？」アガサが辛抱強くいった。

「メロドラマを見ているところなの。それが終わるまで待ってもらわなくちゃならないわよ」

チェーンがはずれ、ドアが開けられると、アガサとジェームズは太ったミセス・ボグルのあとから、大音響でテレビがついているむっとするリビングに入っていった。ミセス・ボグルは何枚もの服を重ね着し、さらにウールのカーディガンをはおり、プリント柄のエプロンをつけていた。夫のほうは古いシャツ、セーター、カーディガン、厚手のズボンという格好で、オーストラリアのメロドラマを食い入るように見ている。部屋は年とったボグル夫妻のにおいがしていた。不潔な体ではなく、年老いた体が発する奇妙なにおいだ。

アガサとジェームズは、ドラマが甘ったるい終わり方をするまで我慢強く待っていた。愛された登場人物が死に、涙に暮れるオーストラリア人の顔が延々とクローズアップになるという、よくあるじれったいドラマだった。それに、どうして女性たちはこんなに細いのかしら？　とアガサは思った。ボンダイビーチが舞台の映画で目にした、豊満な女性たちはどうなったのかしら？　もしかしたらオーストラリアでは小柄な女性ばかりが演技をしているのかもしれない。

ようやくドラマが終わると、ミセス・ボグルは残念そうにスイッチを切った。

「どういうこと？」彼女はたずねた。

「ミセス・フォーチュンのことはどう思っていましたか?」アガサはたずねた。

「あばずれよ!」

アガサはため息をこらえた。「あの、彼女に動揺させられたことが何かあったんでしょうか?」

「売女め!」ミスター・ボグルがいった。

「できたら何があったのか話していただきたいんですが」ジェームズの声は冷静だった。

「あの女はミセス・ブロクスビーに地域社会のお手伝いをしたいと申し出たの……あんたたち、お茶とかコーヒーは期待しないでよ。蓄えはもっと別のことに使いたいから」

アガサはそれを無視した。「続けてください。メアリーはミセス・ブロクスビーに手伝えるといったんですね?」

「そうよ。で、ミセス・フォーチュンはわたしたちを車で連れだしてくれるといった。厚化粧で、あの女はここにやってきたわ。はっきりいって、若作りの大年増よ。わたしはブリストルに船を見に行きたいといったのよね、あなた?」

「そうとも」ミスター・ボグルがぼんやりと答えた。

「そうしたらあの女はこういったの。『まあ、冗談でしょ、遠すぎるわ。イヴシャムでどう?』

わたしは、年寄りの手助けをするのはあんたの義務でしょ、といってやったわ。そうでしょ、あなた? みんながみんな、大きな車で遊び回るお金はないんだから、って。それから、ここにいるミスター・レイシーとあんたがやっていることは、たいそうなスキャンダルになってるとも教えてあげた。わたしらの時代は、そんな真似をしたら結婚しなくちゃならなかったもんよ、そういってやったの。わたしは言葉を加減する人間じゃないからね、そうでしょ、あなた?」

「ああ」何も映っていないテレビ画面をじっと見つめながら、ミスター・ボグルはうなずいた。

「それに対して、メアリーはなんと答えたんですか?」アガサがうながした。

「ミセス・フォーチュンは、世間の人々にたかる代わりに老人ホームに入ればいいと頭ごなしにいったのよ。想像できる? そんな話、聞いたことある? 出ていけ、このふしだら女、といってやったわ」

「お宅のバラをだめにしたのは誰か見当がつきますか?」ジェームズがたずねた。

「疑いようはないね」ミセス・ボグルがいった。「あの女、メアリー・フォーチュンに決まってるわよ。仕返しでしょ。バラでわたしたちが一等賞をとるってわかったから」

「だけど入賞しなかったですね」とアガサ。

「あのバラほどりっぱなやつがもう残ってなくて、コンテストに出せなかったからだよ」

ミスター・ボグルがふいに怒りのこもった口調でいった。それから体をのりだすと、大きな電気ストーブのスイッチを入れた。すでに暑い部屋に熱風が吹きつけてきた。外では、晴れた空から太陽がじりじりと照りつけている。気温はおそらく二五度を超えているだろう。室内は息がつまりそうだった。窓は厚手の白いレースでおおわれ、赤いフェルトから作ったらしいカーテンがわずかに射しこむ光をさえぎっている。息苦しい空気には、長年にわたる毒に満ちた悪意がたっぷりと浸みこんでいるように感じられた。

「悪事を働くものは野生の木のように瞬く間に枯れる」ミセス・ボグルが聖書の詩篇から不正確に、だが恨みたっぷりに引用した。

「つまり、ミセス・フォーチュンが亡くなってうれしいということですか？」アガサはたずねた。

「当然でしょ。ああいう運命は来るべくして来たのよ。わたしたちみたいな哀れな老人を馬鹿にしたんだから。あの女のせいで、とうとうブリストルに行けなかったのよ。だから――」

「大変！ 時間じゃない？」アガサはさっと立ちあがった。「行きましょう、ジェームズ。お時間を割いてくださって、ありがとうございました、ミセス・ボグル」

生け贄《にえ》が逃げだすのを見て、ミセス・ボグルも立ちあがったが、そのときにはアガサとジェームズは家から脱出していた。

「ふう」アガサはいった。「あの二人がやったんだとしたらいいのにね。頭の隅に、ふだんはとても感じのいい人物が一時的にメアリーに錯乱させられて犯行に及んだんじゃないか、っていう不安があるの。だけどボグル夫妻なら、誰も気の毒に思わないでしょ？」

「ミセス・レーズン！」ミセス・ボグルの声がカロデンから聞こえた。「戻ってきて。主人が気絶したの」

ジェームズは庭の小道の方に足を踏みだしかけたが、アガサはその腕をつかんだ。

「医者を呼んでくるわ」アガサは怒鳴り返すと、ジェームズを後ろに従えて通りを歩きはじめた。

「医者のところに行くんですか?」追いついてきたジェームズがたずねた。

「時間のむだよ。戻らせて、どうにかブリストルに連れていかせようとしているのよ。だけど、家に着いたら医者に電話しておくわ、念のため。ええ、あの夫婦も電話を持っているけど、わたしたちに仕返しするために一人が死ぬってこともありうるわ。電話しているあいだ、うちでコーヒーを飲んでいて。それからミス・シムズのところに行きましょう」

ジェームズはその招待に応じたが、新しい自由を満喫している自分は断られても絶望しなかっただろう、ということにアガサは気づいた。

アガサは医者に電話した。ドクター・スタレットという村に新しく来た女医に、ミスター・ボグルの〝気絶〟について報告すると、自分とジェームズにコーヒーを淹れた。

「メアリーが怒らせなかった人がこの村にいるのかしら」アガサはいった。

「そのせいで、よけい自分が愚かに感じられますよ」ジェームズは気まずそうにアガサを見ながらいった。

「もちろん、あなたは非難されることは何もしていないわ」アガサはいった。「ただ、簡単に寝られる女性だと思っただけでしょ」

「相手の女性が簡単に寝られそうかどうかを値踏みする習慣はない」ジェームズは憤慨した。「わたしとメアリーとの関係について話題にするのはもうやめないか？　その話について聞かされることには、ほとほと嫌気がさしているんだ」

「わかったわ」アガサはしぶしぶ承知した。だが、ジェームズへのかつての執着がまだ残っていたので、メアリー・フォーチュンをこきおろすのは実は楽しかった。「コーヒーを飲んだら、ミス・シムズを訪ねましょう」

「ミセス・ブロクスビーを先に訪ねませんか？」

「どうして？」

「牧師の妻として、いろいろな噂を耳にしているにちがいない。それに村の女性たちは、彼女のような人にはかなり打ち明け話をしているはずですよ」

「そうね、ミス・シムズのあとに時間があればね」アガサは主張した。

「ミセス・ブロクスビーは何かをあなたに話したが、それをわたしにいいたくない、そんな気がするんですが」

「わたしだけに打ち明けてくれたのよ、ジェームズ。殺人事件とは関係ないわ。あなたに教えるわけにはいかない」

「たしかに。ではミス・シムズだ。彼女は仕事をしているんですか？」

「もうやめたの。家にいて、子どもたちの面倒を見ているんですって。新しい男性がとても気前がいいみたい」

「驚きますね」ジェームズはいった。「カースリー婦人会は未婚の母を受け入れているばかりか、婦人会の書記にしているとは」

「これまでも村には常に未婚の母が一人、二人いたせいじゃないかしら。それが流行になる前から」アガサは推測した。「行きましょう」


ミス・シムズがドアを開けた。冬でも夏でもいつもはいている、とても高いピンヒールで出てきた。「まあうれしい」二人を見て、ミス・シムズはいった。「リビングに来て、足を楽にして。ジンはどう？　氷をどっさり、トニック割り？」

「すてきね」アガサはいった。

ボグル夫妻のあとでミス・シムズを訪ねるのは、ごほうびのように感じられた。ミス・シムズは二十代後半で青白い顔をした生気のない女性だった。長い青白い顔、長いくしゃくしゃの髪。短いジャージーのタイトスカートに安っぽいフリルつきのブラウスを着ていたが、その下の黒いブラジャーが透けて見えている。ミセス・ブロクスビーから、ミス・シムズは有能で勤勉な書記で、村でヴォランティアの仕事をたくさんしていると聞いたことがあった。アガサもミス・シムズがとても感じのいい女性だということを知っていた。夜、ミス・シムズの家から車で帰っていく最近のパトロンをちらっと見たことがあったが、でっぷりした赤ら顔の男だった。

「今回の殺人事件を調べているの？」飲み物を注いでから、ミス・シムズはたずねた。スカートを少し上にずらしてすわったので、無意識のうちにひらひらしたタップパンツのすそがのぞいた。

「いくつか質問をさせてもらいたいだけよ」アガサがもったいぶっていった。

「何をききたいの？」

「メアリーについてもっと知りたいと思っているの。そうすれば誰が彼女を殺したか見つけられるかもしれないし、もし理由がわかれば、犯人の目星がつくかもしれないでしょ」

「そのやり方なら知っているわ」ミス・シムズがいった。「モース警部シリーズとか、そういう刑事ドラマにも出てくるし。そうねえ。メアリーは……もちろん、あたしは彼女のことを好きじゃなかったわ。ごめんなさい、ミスター・レイシー」

「かまいません」ジェームズはしかめ面でいった。「わたしも彼女のことをまったく知らなかったような気がしはじめているんです。誰にも信じてもらえないようですが」

「わかるわ」とミス・シムズ。「以前、パーショアに住む彼氏がいたの。何度か楽しいときを過ごしたんだけど、あるとき警察がやってきて、彼が会社の売り上げを持って姿を消したといわれたの。彼は製紙会社に勤めていたのよ。ショックだったけど、警察にはあいまいなことしか供述できなかった。笑い声が大きかった、ベッドで靴下をはいていた、といったけど、まったく役に立たないといわれたわ」

「で、メアリーについてはどうなの?」アガサがたずねた。「あなたはみんなを好きだと思っていたわ」

「たいていの人はね。だけど、あの人には神経を逆なでさせられたから。彼女は婦人会の議長になりたがったの。ミセス・メイスンでみんな満足しているわ、ってきっぱりと伝えたのよ。だけど、メアリーはそれを疑った。しまいには投票をしたいといいだしたわ。ミセス・メイスンについて嫌味なことを口にしたので、わたしはメアリーをどう思っているかはっきりいってやった。それに、自分の友人は批判させないって」ミス・シムズは言葉を切り、お酒をちょっぴり飲んだ。「それから、わたしを攻撃するようになったの」

「どういうことをいわれたの?」

ミス・シムズは頬を赤らめた。「口にしたくないようなことよ」

「つまり、あなたを傷つけるようなことをいったのね」アガサは同情をこめて彼女を見た。「そういうことをされたのは、あなただけじゃないわ」

ミス・シムズは驚いてアガサを見た。「そうなの？　だけど、他の人はみんな、メアリーを天使みたいな人だといってたでしょ」

「みんな、メアリーにいわれたことを公にしたくなかったからなの。ねえ、わたしたちなら話してもかまわないのよ」

「そうね。メアリーはわたしみたいに国に養ってもらっている未婚の母は、撃ち殺すべきだといったの。婦人会の議長の椅子についたら、まず最初に、もっと尊敬される書記を任命するって。わたしは国からはまったくお金をもらっていないと反論したわ。『その必要はないでしょ。お金を払ってくれる男たちがいるんだから。それは売春と同じよね』っていわれたから、誰もがお金持ちなわけじゃないし、あなただって、ただで同じことをしてるじゃないの、ってわたしはいい返した……ごめんなさい、ミスター・レイシー。ともかく、もう帰って、これっきりにして、といった。だけど次にメアリーと会ったとき、あまりにも愛想がよかったので、このあいだのやりとりは、すべてわたしの想像かしらと思ったほどよ」

「ぞっとする」ジェームズがいった。「これほどひどいとは知らなかった」

「わたしたち女性はそんなものよ」ミス・シムズが陽気にいった。「男性にはいつもいちばんいい面だけを見せている。わたしの芝生に誰があんな大きな穴を掘ったのか、見当がつく?」

「いいえ」アガサはいった。「それに庭の破壊について考えれば考えるほど、わけがわからなくなるの。驚くような大胆さと根深い悪意が結びつかないとできないことよ。表側の芝生に掘られていたんでしょ? 誰かが通りかかって、やっていることを目撃されかねないじゃない」

「フレッド・グリッグズ巡査が通りの並びと向かいの人たちに聞きこみをしたけど、誰も何も見ていなかったわ」ミス・シムズはいった。「だけど、おつきあいしている人といっしょに朝早く帰ってくるとき、このあたりには人っ子一人いないものね」

「お子さんたちはどうなの?」ミス・シムズには四歳の男の子と二歳の女の子がいた。

「隣のミセス・ジョンズが面倒を見てくれているの」ミス・シムズは説明した。

「そして、彼女は何も見なかった?」

「まったく。彼氏はこのあたりの空気はとても濃いから、みんな死んだようにぐっすり眠るんだといってるわ」

アガサはその言葉が真実だということを認めないわけにはいかなかった。しばらく留守にしてカースリーに戻ってくると、夜遅くまで起きているのがむずかしかった。

「そういえばあなた、前回の婦人会の会合に出ていなかったでしょ」ミス・シムズがいった。

「忙しかったの」アガサは低くつぶやいた。実はミセス・ブロクスビーがボグル夫妻を日帰り外出に連れていくヴォランティアを募る予定だと知っていたので、行かなかったのだ。不愉快な夫婦をドライブに連れていくことを申し出るように、穏やかな牧師の妻に無言の圧力をかけられるのではないかと恐れたのだ。

「今夜、別の会合があるわよ」ミス・シムズがいった。

「それには行くわ」アガサは立ちあがった。「そろそろ失礼するわ。何か質問はある、ジェームズ？」

彼は首を振った。「もう充分うかがったと思います」

外に出るとジェームズはいった。「じゃあ、〈レッド・ライオン〉には行かないんですね？」

「婦人会のあとで合流するわ。今日のしめくくりに、ミスター・スポットを訪ねてみない？」

「いいですよ。しかし、あの人はメアリーのことを賞賛しかしないでしょうけど」

ミスター・スポットのコテージはアガサのコテージ同様、茅葺き屋根だった。外側の木材部分は派手でどぎついブルーに塗られている。窓枠、玄関ドア、フェンス。そのせいでコテージは色チョークで塗られた子どもの絵のように、やけにけばけばしく見えた。道路に面した表側に小さな庭があった。

「池は裏にあるにちがいないわ」アガサはドアベルを鳴らしているジェームズにいった。

バーナード・スポットがすぐに玄関に出てきた。シャツ一枚で、庭仕事用のズボンをはいていたが、いつものように薄い髪ははげた部分にきれいになでつけられ固められていた。

「どうぞ、入ってくれたまえ」バーナードはいった。

二人は居心地のいいリビングに入っていった。低い梁があり、りっぱな古い家具がいくつか置かれている。

「メアリー・フォーチュンに何があったのか、素人なりに調べようとしているんです」ジェームズが愛想よく切りだした。「奇妙に思われるかもしれませんが、アガサとわたしはメアリーのことをあまり知らなかったんじゃないかと感じているんですよ。

あなたには何かご意見があるかもしれないと思ってうかがいました」

「ショッキングな事件だったな」バーナードはいった。「実にショッキングだった。あれだけ美しい命が、あんなにむごたらしく奪われるなんて」ハンカチーフをとりだし、トランペットのような音を立てて大きな洟をかんだ。「考えることすら耐えられないよ」

「メアリーのことはどう思われていましたか?」アガサがたずねた。「つまり、ガーデニング・クラブの議長として、メアリーをとてもよくご存じだったのではないかと思いまして」

「ああ、とてもいい友人同士だった。彼女はすばらしいガーデニング愛好家であるばかりか、よくケーキを焼いて持ってきてくれたものだ」

「わたしたち二人が考えていたのとはちがい、メアリーはさほど人気がなかったということを発見したんです」アガサはいった。

「まさか」

「どうやらメアリーは相手を怒らせる癖があったようです。そういう経験をなさったことはありますか?」

「いいや」バーナードはとまどっているようだった。「いつもわたしには親切だった」

「別の話題に移りましょう」ジェームズがいった。「あなたの金魚に毒を盛った犯人に心当たりはありますか？」

「いや、警察は控えめにいっても能力不足なので、フレッド・グリッグズ巡査に対する苦情の手紙を警察本部長宛に書いたよ」

「それはあんまりですよ」ジェームズが抗議した。「フレッドはいい人間です」

「ふん！　あいつはこれまでどんな犯罪を扱ったことがあるんだね？　ここで以前に起きた殺人事件、あれを解決したのはミルセスター警察の刑事部だった」

「刑事部というより、ここにいるアガサの功績ですよ」ジェームズが訂正した。「それに、刑事部は庭の破壊について捜査しているが、まだ何もつかんでいません。だから、フレッドを責めるのは気の毒ですよ」

「彼はこの村の人間を知っている。何か思いつくべきだ」バーナードは強情にいい張った。

「じゃあ」とアガサが困り果てていった。「金魚に毒を盛った人間も、メアリーを殺した犯人にも、心当たりがないんですね？」

「そうだ。それから忠告させてもらえるなら、すべて警察に任せておいたほうがいいぞ」

「でも、たった今、警察の仕事ぶりに満足できないとおっしゃったじゃないですか！」

バーナードは帰ってほしいといわんばかりに立ちあがった。

「警察に話を聞かれるのはかまわない。それは英国民としての不愉快な義務のひとつとして受け入れている。だが、あんたたちからあれこれきかれるのは、下品な好奇心に思えるね」

その言葉に対しては返事のしようがなかった。

コテージから出ると、アガサはいった。「できるだけ何か探りだしてみるわ。あとで〈レッド・ライオン〉で落ち合いましょう」

ライラック・レーンに入ると、アガサはいった。

「あなたの家の玄関にベスがいるわ」

二人は急いでベスに近づいていった。ベスは二冊の本を差しだした。

「あなたがナポレオン戦争について関心がおありだと母が話していたのを思い出したんです、ミスター・レイシー。それで、この本に興味をお持ちかもしれないと思って」

「それはご親切にありがとう」ジェームズは題名を見た。「日記だ！　どこで手に入れたんですか？」

「大学で借りたんです。歴史がわたしの専攻なので」いきなりベスはジェームズに微笑みかけた。その微笑は彼女の顔に美しさに近いものを与えた。

「中にどうぞ」ジェームズはいった。「みんなでコーヒーを飲みましょう」

「ぜひそうしたいんですが、二人きりで話したいことがあるんです」ベスはアガサをちらっと見た。

「じゃあ、またあとでね、ジェームズ」アガサはいうと、好奇心でうずうずしながら、ゆっくりと自分の家に戻っていった。

アガサが猫たちにえさをやっていたとき、ドアベルが鳴った。てっきりジェームズがベスの訪問について報告にきたのだと思ったが、立っていたのはビル・ウォンだった。

「あら」アガサはいった。その「あら」は落胆のあまり語尾が消えそうになった。しかしジェームズへの恋愛感情から解放されたことを思い出し、ビルを招じ入れた。

「ミセス・ブロクスビーのことで話を聞きにきたんです」ビルはいった。

「ミセス・ブロクスビーのことは、ミセス・ブロクスビーにきけないの？」

「警戒しないでください、アガサ。彼女があなたに何か話したことはわかってますよ」

アガサは長いあいだビルを見つめているうちに、ミセス・ブロクスビーが話してくれたあることを思い出した。メアリーの蔑みの言葉でも、ガーデニング・コンテストのことでもない。ビルに話すべきことだ。

「たった今、思い出したの」アガサはいった。

「それは信じませんが、教えてください」

「メアリーは牧師のミスター・ブロクスビーに懺悔をしたのよ」

「ほう、それは重要なことですね。何かでメアリーはとても悩んでいたにちがいない。だって、牧師はふだん懺悔を聞きませんからね」

「ええ、でも牧師は困っている人なら誰でも話を聞くわ」

「行って彼にきいてみたほうがよさそうだ。どんなことだったのだろう」

牧師を誘惑するためだったのよ、とアガサは内心で思った。しかし、もっと他の理由があったのかもしれない。

ビルは帰っていき、アガサは早めの夕食を用意した。ベスとジェームズはどうしているかしら。考えれば考えるほど、アガサは心配になってきた。さっき訪ねたときはあんなに無礼だったくせに、どうしてベスは母親の元愛人に本を貸そうなどと思いついたのだろう？

8

ビル・ウォンは牧師館に車を走らせながら、改めて考えた。ということは、メアリーは懺悔をするためにローマカトリックの神父さんには会いには行かなかったのだ。だから正式な懺悔じゃないし、そもそも牧師は高教会派ではないから懺悔を聞くこともしないはずだ。

ミセス・ブロクスビーが出迎えてくれた。「いつもあなたはミセス・レーズンといっしょにいる気がしているんだけど」彼女はいって、ビルを中に通した。「どういうご用件かしら？」

ビルは牧師館の薄暗い玄関ホールに立っていた。

「実をいうと、ご主人に会いにきたんです」

「アルフは教会にいます」

「何をしているんですか？」

ミセス・ブロクスビーはびっくりしたようだった。

「祈っているんだと思います。入っていってもかまいませんよ。じきに終わるはずですから」

ビルは牧師館を出て墓地を通り抜け、隣の教会に行った。大きな白い雲が、どこまでも広がる夏空をゆっくりと横切っていく。天気のいい夏のあいだ、コッツウォルズの空はいつもより広くなる。そのせいで、地平線がはるかかなたまで続いているような感じを与えるのかもしれない。古い墓石が教会墓地のきれいに刈られた芝の上で傾いている。刻まれた名前はとうの昔に消えてしまっていた。

ビルは横手のドアを押し開け、暖かい雰囲気の古い教会に入っていった。土台はアングロ・サクソン様式だったが、力強い半円形のアーチはノルマン建築だった。簡素な教会で、質素な木製の信徒席とありふれたガラス窓があった。クロムウェルの軍隊にステンドグラスを割られてしまったのだ。そこには慈愛と静謐《せいひつ》が漂っていた。

牧師は祭壇のすぐ前の最前列にひざまずいていた。何を祈っているのだろう？　とビルは思った。殺人犯がつかまるように？　それともいつもの眠っているような安らぎが村人たちに戻りますように？

背後の存在に気づいたかのように、牧師は立ちあがって振り返った。

「ミスター・ウォンですね？」牧師は側廊を刑事の方に歩いてきた。「何かお役に立てることがありますか？」

その学者めいた風貌は穏やかで親切そうだった。

「外で話しませんか？」ビルは提案した。なんとなく、いまわしい殺人事件についての話は教会の外でするべきだという気がしたのだ。

「いいですとも」二人は外に出ていき、苔むしたテーブル形の墓石のかたわらにすわった。おそらく何百年も前にベッドの中で安らかに亡くなった人の終《つい》の棲家は、この話をするのにまさにふさわしい場所だという気がした。「殺人事件についておききになりたいんでしょうね」牧師はいった。

「ミセス・フォーチュンがあなたに懺悔を聞いてもらったとうかがっていますが」

ビルは否定されるか、どうしてそんな噂を聞きこんだのかと追及されるのではないかと恐れていた。しかしアルフ・ブロクスビーは田舎の村に長年暮らしていたので、プライヴァシーがほとんどないことを知っていた。

「ええ」あっさりと答えた。

「状況から考えて、彼女が何を話したのか、おききしなくてはならないことはご理解いただけますね」

「たぶんそうでしょうね。本物の懺悔が含まれていたら、お話しするのを拒否したかもしれない。しかし、実に単純なことでした。ミセス・フォーチュンは牧師を手玉にとれるかどうか試して、おもしろがっていたんですよ」

「ということは……？」

「ええ、そうです。最近はどう呼ぶんですか？　彼女はわたしに迫ろうとしたんです」

「たしかですか？」

「その方面では、わたしはうぬぼれ屋ではないと思います。わたしたちは書斎にいました。ミセス・フォーチュンはわたしの膝にすわり、両腕を首に巻きつけてキスしようとしました」

「そして、あなたはどうしたんですか？」ビルは話にひきこまれてたずねた。

「こういったんです、正確に覚えています。『ミセス・フォーチュン、スタイルのせいで体重がごまかされていたんですね。実はあなたは体重がかなりあるようだ。その重みで、わたしの左脚がつっているんですが』ミセス・フォーチュンは立ちあがって、向かいにすわりました。わたしは教区の仕事がたくさんあるので、訪問の目的を話してほしいといった。ミセス・フォーチュンは罪を犯したといいました。どういう罪かとたずねると、ミスター・レイシーと関係を持っていたといった。ちなみに、わたしがこのことをお話しするのは、その関係が村では有名だからです。

ミスター・レイシーは独身だし、あなたは離婚しているのだから、二人が何をしようとも気にしない、とわたしはいった。さらに雰囲気を軽くしようとして、ハリウッド映画を見過ぎたのではありませんか、とまでたずねた。ほら、よくヒロインがいうでしょう、『神父さん、わたしは罪を犯しました』

ミセス・フォーチュンの説明は少し支離滅裂だったが、ミスター・レイシーに彼女と結婚するように説得してほしい、という依頼だと解釈しました。おそらくアメリカで暮らしていたせいで、英国の村が男女関係に厳格だという時代遅れの先入観を持つようになったのでしょう。あなたと結婚するか否かは、あくまでミスター・レイシーが決めることだと答えました。

ミセス・フォーチュンは驚くほど矛盾した人間です。表面的にはウィットに富んだ社交的な女性に見える。話をしてみて、本当はきわめて愚かで、いささか品位がなく、おそらく精神的にバランスを欠いているという結論にいたりました。〝品位がない〟というのはたぶん古めかしい言葉でしょう。卑しい育ちだというのではなく、粗野な性向があるということです」

「では、彼女はこれまではまともだった人間を、残虐で猟奇的な殺人に駆り立てることができると思いますか？」ビルは教会墓地を飛び回っている鳩の群れを見上げながらたずねた。

「ええ、ありうると思います」

「ねえ、牧師さん、あなたは彼女を殺してやりたいと感じたとおっしゃっているんですか？」

「いいえ、ミセス・フォーチュンはわたしに大きな屈辱を与えました。わたしが申しあげたのは、ただの推測です。妻とはミセス・フォーチュンのことで話し合ったことはないが、妻が彼女を嫌いだということは知っています。彼女は妻が嫌いになったまれな人間です」

「では、あなたに色目を使い、レイシーに結婚するように圧力をかけてくれと頼んだ以外に、ミセス・フォーチュンは何も懺悔をしなかったのですか？　これまで隠してきた秘密を打ち明けることは？」

「いいえ。何か重要なことを口にしていたら、話していましたよ。村の人々はバーミンガムから来たごろつきが彼女の家に強盗に入ったのだろうといっています。しかし、わたしは村人の一人が犯人にちがいないと思っています」

ビルは微笑んだ。「まちがいなく、われらのミセス・レーズンは誰が犯人か突き止めようとするでしょうね」

「まちがいなく」牧師の口調はそっけなかった。「あの人はきわめて不快な女性だが、どこかいいところがあるにちがいない。妻は彼女を高く評価していますからね」

「ええ、アガサにはいいところがたくさんありますよ」ビルは立ちあがった。この聖職者は外見と同じく中身も穏やかで温厚なのだろうか、と興味津々《しんしん》で牧師を眺めた。「この事件に関係のありそうなことを耳にしたら、連絡してください、ミスター・ブロクスビー」牧師も立ちあがった。

「もちろんです」牧師は腕時計を見た。「お茶の時間だ。妻は実においしいお茶を淹れるんです。よかったらごいっしょにいかがですか？」

最後の言葉は礼儀から口にしただけだということがありありと伝わってきたので、ビルは辞退した。

牧師はうなずき、牧師館の方に歩み去った。妻と同じく、メアリー・フォーチュンとその同類に対して善の鎧をまとった意志強固な人だ、とビルは思った。

アガサはその晩、牧師館にいたが、来なければよかったと後悔していた。議題は一般公開される庭についてだった。お茶を出して、慈善のための寄付金にするつもりの人もいるようだった。アガサはその考えを検討してから、却下した。それぞれの庭への入場料は二十ペンスだ。それまでいくら要求するか考えていなかったが、これだけ大がかりなペテンをしても、それっぽちしか報われないとはがっかりだった。みんながメアリー・フォーチュンについてどう思っているか、探りを入れることになっていたのをすっかり忘れ、アガサはふさぎこんだ。馬鹿げた子どもじみたごまかしのせいで、ロンドンのペドマンズで半年間奉仕しなくてはならなくなった。

〈レッド・ライオン〉に着いたときには、アガサは強制的にロンドンに行く羽目になったのも、いいことかもしれないと思いはじめていた。ジェームズに会えると考えても、これまでのようなわくわくした気持ちになれなかった。メアリーについて知れば知るほど、ある意味でジェームズの評価が下がった。そういう女性を恋愛相手に選んだからだ。静かな夏の夜の村はよそよそしい感じがして、少しアガサを怯えさせた。あたかも人生を外側から眺めているような、かつてよく味わった疎外感が甦えってくる。この村人たちのひそかな考えや生活について、わたしは何を知っているのかしら？　殺人者が知り合いの尊敬されている誰かなら、その人物を守るために、みんな一致団結するんじゃないかしら？

ジェームズもほぼ同じようなことを考えていたと知ったら、アガサは驚いただろう。ジェームズはバーカウンターに立ち、いつものように気さくな地元の人間たちに囲まれていたが、孤立しているように感じていた。村独特の友好的な態度はあくまで表面的なもので、みんな本心は一切見せなかった。

アガサがパブに入ってくるのを見て、ジェームズはほっとした。アガサの好戦的な態度には、逆にとても信頼できる誠実さが感じられた。アガサがかたわらに来ると、ジェームズはジントニックをおごり、隅のテーブルに行こうと提案した。以前だったら、ジェームズは地元の連中から離れて二人きりになりたいのだ、とアガサは有頂天になっただろうが、今は心を悩ませている憂鬱でわびしい気持ちを振り払えなかった。

「で、ベスとはどうだったの？」アガサはたずねた。

「とても愛想がよかったですよ。それに歴史的な日記を探している件でも、とても力になってくれた。非常に頭のいい女性ですね」

「ボーイフレンドはどこにいるの？」

「オックスフォードの友人に会いに、二、三日留守にするらしいです」

「お母さんの話はした？」

「母親とはあまりうまくいっていなくて、両親の結婚が破綻したのはメアリーのせいだと考えている、ということだけです。明日のランチに招待しました。娘と親しくなれば、母親についてもっとわかるんじゃないかと思ったので。いっしょに来ますか？」

ついにジェームズに対する執着から解き放たれたと考えていたのに、ふいにアガサは怒りがわきあがるのを感じた。アガサは立ちあがった。

「あまり鈍感なことはしないでちょうだい、ジェームズ」

アガサはそういうと、きびすを返してパブから出ていった。ジェームズはアガサが帰っていく後ろ姿を見つめながら、何をいったせいであんなに彼女を怒らせてしまったのだろう、と首をかしげていた。

翌日はなかなか時間がたたなかった。訪ねていってメアリー・フォーチュンについて質問できそうな人は、もう思いつかなかった。きのうビル・ウォンが村にいるのを見かけたので、家に訪ねてきて新しいアイディアを与えてくれることをアガサは祈った。

昔の調理習慣を復活させ、冷凍カレーを電子レンジで温めてランチを作り、ビールで流しこんで食べた。デザートに煙草を二本吸い、濃いブラックコーヒーを飲む。どこかのパブかレストランで、ジェームズとベスが和気藹々と食事をしている姿が脳裏に浮かんだ。十九世紀初めの歴史について語り合い、お互いについて知ろうとしているのだろう。あの娘は不愉快な人間だったが、ジェームズはメアリー・フォーチュンにひっかかったのだ。娘に誘惑されないとはいい切れまい。

庭で猫たちと遊んでやって三十分ほど気晴らしをしていると、ドアベルが鳴った。時計を見た。まだ二時。それでも、運がよければジェームズがランチを切りあげてきたのかもしれない。

しかし、ベスのボーイフレンドのジョン・デリーが戸口に立っていた。

「あら、どうぞ」アガサは一歩さがっていった。「どういうご用かしら?」

彼はアガサのあとからリビングに入ってきて、どっかりと肘掛け椅子にすわった。破れたジーンズにドクターマーチンのブーツをはいていた。どこか重苦しく威圧的な雰囲気を発散している。

「二、三日留守なのかと思っていたわ」アガサはいった。

「どうやらあんたの友だちのレイシーもそう考えたようだね」ジョンはいった。

「どういう意味かしら?」

「〈ハーヴェイズ〉で、うさんくさいばばあに会ったんだ。あの郵便局でさ。そのばばあが、よそ者にはモラルってもんがない、そのレイシーって野郎は母親とよろしくやっておいて、今度は娘とも一発やってる、といってたんだよ」

その人物の正体はまちがいなく推測がついた。

「ミセス・ボグルがそういう言葉遣いをするとは想像できないわ」

「そういう意味のことだよ。実際のところどうなんだ？」

「ジェームズとベスは歴史に対する共通の関心があるのよ」

「そいつは本当のことなのか？」ジョンはせせら笑った。「あんたの友だちのレイシーは、ベスの歴史の知識にはまったく興味がないと思うね。あんたと同じく、あいつは村の詮索屋だ。ベスはもう充分大変な目にあってるんだ、中年のミス・マープル二人組にまでつきまとってほしくない。彼女を放っておいてくれ」

「最近の女性はどうなってるの？」アガサはにこやかにいい返した。「ベスは誰と会うかも自分で決められないのかしら？」

「ベスはどんなことであれ、自分で決断できないんだよ。そういう精神状態なんだ。それに、今じゃ金持ちだから、中年の女たらしに金目当てで近づいてもらいたくない。さらにいえば、彼女のスカートの中身目当てでも」

「とっとと消えてよ、このあほんだら」アガサはうんざりしていった。

ジョンはびっくりしてアガサを見つめた。

「聞こえたでしょ」アガサは怒鳴った。「あんたがメアリー・フォーチュンを殺したのかもしれないわね、考えてみれば」彼女は立ちあがった。ジョンも立ちあがり、威嚇するようにアガサを見下ろした。

「ここはいやな連中だらけのいやな村だよ」彼はいった。「それに、あんたみたいなしわだらけのオバサンは最悪だ。レイシーにベスに近づくな、といっておいてくれ」

「自分でいったら。さあ、出てって」

ドアベルが鳴った。アガサは玄関に行こうとしたが、ジョンが行く手をふさいだ。

「まだ話は終わってないんだ」彼はいった。

鍵をかけていなかった玄関ドアが開き、ほっとしたことにビル・ウォンが入ってきた。ビルはアガサが目をぎらつかせ、両手を握りしめて立っているのを見た。ジョン・デリーがそんな彼女をにらみつけている。

「厄介事ですか、アガサ?」ビルはたずねた。

「ええ」アガサはいった。「ミスター・デリーがわたしを脅しているところよ」

「本当に? さて、ミスター・デリー、いっしょに署まで来てもらって、この件について話を聞かせてもらおうか。来るんだ」

ジョンはアガサを肩で押しやって出ていった。

「このお礼はしてやるぞ、くそばばあ」

アガサは二人がいなくなると、ぐったりとすわりこんだ。それから警報装置のことが心配になった。休暇で留守のあいだじゅう調子が悪かったのに、警備会社に電話もしなかったのだ。ただ、誰かが近づいてくるとコテージの周囲の照明がすべて点灯する仕組みになっていたので、ロイと作業員たちが植物を植えにきたときに庭がこうこうと照らされるのはまずかった。それでも、こういうことがあると、修理してもらったほうがいいだろう。

テレビをつけて、ぼんやりと映画を見た。爆発する車と発射される拳銃で脚本の不備を補おうとするような映画だった。

最初のうちは騒々しい音響効果のせいで、ドアベルが聞こえなかった。やがて、いっとき銃撃戦と悲鳴が止むと、ドアベルの音が聞こえたので、玄関に出ていった。

「さっきみたいにどうして勝手に入ってこなかったの?」アガサはビル・ウォンにたずねた。彼はそこに立って、にやにや笑っていた。

「さっき勝手に入っていったのは、地元の人間の一人から、ジョン・デリーがあなたのコテージに入っていくのを見かけたと聞いたうえ、ドアベルを鳴らしてもなかなか出てこなかったからです。いつもベルを鳴らすと走って出てくるでしょう、アガサ。

で、ぼくを見たとたん、失望で顔が暗くなる。まるで別の誰かを期待していたみたいに」

「想像のしすぎよ」アガサは口を尖らせた。「入ってちょうだい」

アガサはテレビを消し、ビルに向き直った。「それで彼はどう釈明したの？」

「デリーですか？ あなたのことはお節介なばばあで、あのレイシーは彼のガールフレンドを横取りしようとしているか、彼女が母親を殺したことを証明しようとしているかだ、といってました」

「冗談でしょ。わたしとジェームズは一度しか二人を訪ねていないのよ。たしかにその後、ジェームズはベスと何度か会っているけど……」

「きっと、連中はあなたの探偵能力の噂を聞きつけたんですよ。二度とあなたを困らせるなと警告しておきました」

「逮捕すればよかったのに！」

「どういう罪で？ たしかに、あなたを脅しつけるようなことをいった。しかし、ただの愚かな若者だと思いますよ」

「暗い夜にわたしが除草剤を飲まされ、自分の庭に逆さに植えられているのを発見したら、そうはいっていられなくなるでしょうね。デリーはメアリーをフックに吊るせるぐらい力があるわ」

「われわれも手をこまねいているわけじゃありませんよ、アガサ」

「じゃ、わたしの知らないことを話して」

「遺体が葬儀のために返却されました」

「葬儀はいつなの？」

「明日、オックスフォードで火葬されます。殺人者がやぶに潜んでいるかもしれないなんて見当はずれの期待を抱いて、のこのこ出かけていかないでくださいよ。ベス・フォーチュンに騒ぎ立てないと約束したんです。ベスは詮索好きの村人やマスコミに来てほしくない、といっています」

「元夫は？　彼も来るの？」

「いいえ。彼は事件について何も知りたくないらしい。ミス・フォーチュンは、クリスマス休暇にアメリカにいる父親に会いに行くそうです。ドアベルが鳴ってる。きっとレイシーがランチから戻ってきたんですよ。デリーが愚かにも戻ってきたんだとしたらいけないので、ぼくが出てみましょう」

ビルはジェームズを従えて戻ってきた。「それで？」アガサは挨拶代わりにいった。

「どうだったの？　あなたがベスのご機嫌をとっているあいだに、ボーイフレンドがここにやってきて、あなたに手を引けと伝えろ、とわたしを脅したのよ」

「どうしてそんな真似を？」

「あなたがベスのお金を狙っていると考えたみたい、まず何よりも」

「ベスがどうしてあんなろくでなしとつきあっているのか、理解に苦しみますね」

「たしかにね。似た者同士なんでしょ」アガサはそういって、ビルの鋭い視線から目をそらした。

「ベスは非常に頭のいい娘ですよ」ジェームズはむっとした口ぶりでいった。

「捜査はあまり進展していないようね」アガサはなだめるようにいった。「実をいうと、村の外から来た人間の犯行じゃないかと思いかけているの。メアリーの過去に関係している何者かの。元夫じゃないなら、これまでに関係を持った相手かもしれない。ごめんなさい、ジェームズ、あなた以外のってことよ」

「われわれはアメリカでの手がかりを追っています」ビルがいって立ちあがった。「事件について話し合うのはけっこうですが、いつものように警告しておきますよ。首を突っ込まず、村人を嗅ぎ回ったりせず、疑っていることを相手に知られないようにしてください」

ビルが帰ってしまうと、沈黙が広がった。するとジェームズがいった。

「わたしたちの聞きこみの成果をまとめてみたんです。うちに来て、それを検討してみませんか？」

ふいにアガサは、いいえ、けっこうよ、といいたくなった。いまいましいベス、と思った。なぜかベスのせいで、アガサが失ったと思っていたジェームズに対する気持ちが甦ってしまった。アガサ・レイズンの性格において、競争意識は大きな原動力になるのだ。

「待って、煙草をとってくるわ。わたしが煙草を吸うことはいやじゃないわよね？」

「誰が煙草を吸ってもいやじゃないですよ。以前はわたしも吸っていました」

「意外だわ。禁煙した人の大半が徹底した嫌煙者なのに。どうやってやめたの？」

「飽きたんです」実は数年前に、当時つきあっていた恋人を喜ばせるためにやめたのだった。

「わたしも飽きられればいいんだけど。やめたいとすら思わないの。庭から猫を入れるまで待って。いいえ、そこで待っていて！」アガサはジェームズに何もない庭を見られるのではないかと怯えて、鋭く制止した。

「公開日に、みんなを驚かすつもりなんですね」ジェームズはいった。「とはいえ、庭であまり時間を過ごしていないようだけど」

「朝のうちに作業をしていたのよ」アガサは嘘をついた。

数分後、ジェームズのコテージに二人で行くと、アガサは室内を見回し、ここに住んだらどんなかしら、と考えた。そう想像するのは、これが初めてではなかったが。本と優雅な古い家具があって、リビングは居心地がよかった。窓枠には花を活けたボウルまで置いてある。どこかにアガサらしさを出すことなど思いもよらなかった。ジェームズは非常にしゃくに障るタイプの独身男で、身の回りの世話をしてくれる人を必要としていないのだ。

ジェームズはワードプロセッサーのスイッチを入れた。「寝室のひとつを仕事部屋にしていないのね」アガサはいった。

「お客のために予備の寝室をとっておきたいんです。あなたの留守のあいだに、妹と子どもたちが泊まりにきましたよ。さてと、画面に呼びだしてみましょう」

アガサはジェームズのかたわらに椅子をひきずっていき、のぞきこんだ。すべてがきちんと正確に記録されている。「本の中の探偵だったら」とアガサは滅入ったようにいった。「画面をじっと見て、謎めいたことをいうんでしょうね。『そこに書かれている誰それがいったことは、どうも腑に落ちない』とか。でも、わたしに見えるのは、おもしろくもないおしゃべりだけだわ」

「あるいは、わたしならこういうでしょう」ジェームズがいった。「バーナード・スポットにちがいない。なぜならメアリーについてほめた唯一の人間だからだ。そして出かけていって、市民逮捕をし、あらゆる新聞に写真が出るんです」

「ベスからお母さんについてもっと聞きだせたの？」アガサはたずねた。

「母親については話したくない、とちょっと切り口上にいわれました。メアリーはかんしゃくを起こしたり、泣いたりわめいたりして、ベスの子ども時代を地獄のようにしたというんです。父親にはとても好意を持っているようでした」

「あなたのいうようにベスが賢くて魅力的なら——もっとも、わたしはそういう印象を受けなかったけど——どうしてデリーみたいなできそこないとくっついているの？」

「彼がベスを賞賛していて、彼女は賞賛を必要としているからだと思います。精神の安定が得られるんでしょう」

「馬鹿馬鹿しい！　週刊誌の読みすぎよ」

「失礼なことをいわないでください、アガサ」

「ごめんなさい。だけど、まるで精神分析医みたいに聞こえたから。そうだ、メアリーの奇妙な遺言で、他にも嫌味な遺贈を受けた人がいるのかしら？　ビル・ウォンにきけばよかったわね」

「ベスにきいてみました。遺贈されたのはわたしたちだけでした」

「妙ね！　メアリーを捨てたのだから、死んだあとにあなたに復讐したいというのはわかるわよ。でも、どうしてわたしなの？　わたしはメアリーにとても親切だったのに」

「あなたにとても嫉妬していたんですよ」

「どうして？　あなたとわたしの友情のせい？」

「多少は。でも、おもに、あなたが村で人気があるせいですよ」

「わたしが何ですって？」

「あなたはとても人気があるんです、アガサ」

「まあ」アガサはぶっきらぼうにいった。考えこみながら画面に視線を向けたが、実は何も見ていなかった。アガサ・レーズンが人気者ですって！　幸福と感謝で頭がくらくらしそうだった。そのとき、一瞬の高揚感が消え、恐怖がわきあがった。公開日にずるをして、これほど貴重な人気を危険にさらすつもりでいるのだ。

アガサは立ちあがった。「電話をかけてこなくちゃ」

ジェームズは驚いて彼女を見た。「コーヒーを飲んでいきませんか？　やかんを火にかけたところなんです」

「かけておいて。電話をして、すぐに戻ってくるわ」

「緊急なら、そこの電話を使ってください」

「個人的なことなの」

「キッチンに行って、ドアを閉めておきますよ。そうすればひとことも聞こえない」

しかし、アガサは自分の行動に照らして他人の行動を判断した。立ち場が逆だったら、アガサはほぼ確実に耳をキッチンのドアにくっつけて聞き耳を立てるだろう。

自分の家に戻ると。アガサはロイ・シルバーに電話をした。

「アギー」彼は叫んだ。「植物を植える準備は整いましたか？」

「いいえ、ロイ。それにペドマンズで働くことを考え直したの。ウィルソンにいって、契約書を破いてもらって。植物はなし、契約もなし」

ちょっと黙りこんでから、ロイはいった。「思考がすっかり田舎じみてきましたね。あなたがサインした法的拘束力のある契約書には、植物の取引については一切書かれていませんよ。契約は破棄できないんです、アギー。ですから植物はもらっておいたほうが得ですよ。ねえ、最高の取引じゃないですか。村の連中をあっといわせてやれるんですよ」

アガサは決心が鈍るのを感じた。

「とっても美しい花ですよ」ロイは猫なで声を出した。

「誰かに見られたらどうするの？」

「午前二時にそちらに到着して、ネズミみたいに音を立てずに行動します。作業しているところを誰かに見られても、公開日に備えて作業員にフェンスの上部をはずしてもらっていたといえばいい」

「ペドマンズで働くなら、何か得になることがないとね」アガサは無愛想に妥協した。

「それでこそ、われらがアガサだ。そっちでは《リトル・ショップ・オブ・ホラーズ》ばりに、吸血植物が育っているんじゃないでしょうね？　殺人事件のほうはどうですか？」

「警察が捜査中よ」

「そっちにいるあいだにあなたが事件を解決すれば、その名誉のおこぼれで、ぼくも有名になれるかもしれない」

「何でもいいから、やるべきことをしてちょうだい」アガサは皮肉っぽくいうと、電話を切り、ジェームズのコテージに戻っていった。

「問題は片づきましたか？」彼はたずねた。

「ええ」アガサはそわそわと答えた。もう一度ジェームズの隣にすわると、彼の書いたものに精神を集中しようとした。しかし、自分の庭についての不安はなかなか消えなかった。

アガサはロイがやってくるのを阻止しようとした。どうにかして彼に来させまいと努力してきた。しかし、〝秘密の庭〟を見るのを楽しみにしていると、みんなにいわれればいわれるほど、見せられるようなものを用意しなくては、という気持ちになった。ちょっとした災難があってすべて枯れてしまったので、外から見えないようにしていたと告白したら、でしゃばり屋たちは他の庭と同じように破壊されたにちがいないと考え、警察に報告するだろう。警察は調べに行ったときにすでに庭はすっからかんだった、と暴露してしまうだろう。

というわけで、とうとう、ある暖かく暗い夏の真夜中に、ロイが作業員と庭師を引き連れてやってきた。彼らは夜明けに作業を終えると、帰っていった。

「来てみてください」ロイがいった。「ベッドに隠れていないで。見てください!」

アガサは外に出ていった。

まばゆい色彩が目に飛びこんできた。花と木と低木が、ついさっきまで何もなかった庭を埋め尽くしている。猫たちはアガサの足に体をすりつけながら出ていき、二匹もその眺めを楽しんでいるかのように芝生の上でじゃれあった。

「見事ね」茫然として、アガサはいった。

「じゃあ、ちょっと睡眠をとりましょう」ロイはいった。「何時頃みんなやってくるんですか？」

「十時から。どの花がなんていう名前か、どう説明したらいいの？　ずるしたのがばれたくないんだけど」

「ほら！　すべてにラベルがついてますよ。ほどよく雨に打たれて色あせていますが、読みとれます。ただかがんで読みあげればいいんです」

二人は家に入った。ロイは服を着たまま予備の寝室のベッドに倒れこみ、たちまち眠りこんでしまった。アガサはもう一度寝室の窓からうっとりと庭を眺めると、目覚ましを九時にかけてやはり眠りこんだ。

最初のうちは一人、二人の見学者だったが、まもなく賛嘆の声をあげる人たちでアガサの庭はあふれかえった。裏門わきのテーブルで、ロイは入場料を集めた。

本物の園芸家さながら、威厳たっぷりに植物について説明するアガサの声が聞こえてきた。

「ええ、それはフレモントデンドロン・カリフォルニクムの満開になった低木で、そちらはワタカタ・シネンシスです。すてきな香りでしょ」

そのときバーナード・スポットがいぶかしげな声をあげた。「だが、すべてまちがってるぞ」スポットはずけずけといった。「ミセス・レーズン、それはフレモントデンドロン・カリフォルニクムじゃない。そいつはフィゲリウス・カペンシスだよ!」

アガサは陽気な笑い声をあげると、彼に背を向けて別の見学者の方を向いた。しかしバーナードはしつこかった。

「それに、アガサ、あんたはそれがハイドランジア・パニクラタ・グランディフローラだといった。そもそも、それはハイドランジア、アジサイ科の植物じゃない。ロビニア・スードアカシア、通称ニセアカシアだよ。それにこいつは……」

「いい加減なことをいわないでください」アガサがぴしゃりといった。

「彼のいうとおりよ」村を訪ねてきた女性がいった。麦わら帽子をかぶりプリントドレスを着た、厳格な感じの女性だった。「この花も木もすべてラベルがまちがっているわ」彼女は非難するようにアガサを見つめた。「あなたの話を聞いていたけど、自分の庭の植物についてまったくわかっていないようね。これは一切合切まとめて、種苗園から買ってきたものなんじゃないかしら。で、ラベルがまちがってつけられていたのよ」

沈黙が広がった。アガサはミセス・ブロクスビーがさっきから話を聞いていたことに気づいた。それにビル・ウォンもたった今到着して、すべてを耳にしていたようだ。

「お茶をいかが?」アガサはせっぱつまってたずねた。

人々は庭からぞろぞろと出ていき、アガサ、ロイ、ミセス・ブロクスビー、ビル・ウォンだけが残された。

「裏門に鍵をかけて」アガサはロイに命じた。「さんざんだわ!」

「何があったの?」ミセス・ブロクスビーがたずねた。

「ぼくから事情を説明しますよ」ビルがいった。「われらがアガサはまたずるをしたんです。この植物はすべて種苗園から買ってきたんでしょう? そうするつもりだといってましたよね」

アガサはみじめな様子でうなずいた。

「でも、それは規則違反じゃないわ」ミセス・ブロクスビーがとりなした。「たくさんの人が、公開日の前に木や花を買い足して植えているもの。このあたりの種苗園は大繁盛よ。ただ、あなたの行った種苗園がいい加減で残念だったわね」

ビルはかがみこんで、花壇をのぞいた。「ここに来てください、アガサ」ビルは地面を指さした。「見学にきたガーデニング愛好家は花壇に立ち入ったりはしないでしょうね」やわらかな地面に、くっきりと大きなブーツの足跡がついていた。

「植物を植えるために作業員を連れてきたんです」ロイがいった。「その一人かもしれない」

ビルは牧師の妻の方を向いた。「何者かがラベルをすべて交換したという可能性はありますか？」

ミセス・ブロクスビーは眼鏡をかけて低木から花へ、花から木へと歩き回って、ラベルを読んでいった。それから腰を伸ばした。

「ええ、刑事さん、なんて頭がいいんでしょう！　ラベルがちがっていたのは、そのせいだったんだわ」

「本当に？」アガサはたずねた。家の中からドアベルの音が聞こえた。「ぼくが出ますよ」ロイがいうと、室内に姿を消した。

「まさにそういうことが起きたんだと思います」ビルがいった。「何者かがあなたにいたずらを仕掛けたんですよ、アガサ。いつやったんでしょうね？」

「そうね、朝の五時から九時までのあいだにちがいないわ」

「日が昇ってますよ。誰かが何か見ているかもしれない」

ロイがジェームズ・レイシーといっしょに庭に戻ってきた。アガサはうめいた。

「すばらしいお手並みですね、アガサ」ジェームズはほめた。

「本当のところを知っておいたほうがいいわ」アガサはうちひしがれた様子でいった。

ジェームズは笑いをこらえながら、ずるをした顛末《てんまつ》について聞いていた。

アガサが話し終えると、ジェームズはいった。

「あなたはやるとなったら徹底的にやるんですね。何カ月も高いフェンスで庭を隠して嘘をつき通した。とうとうフェンスが撤去されてうれしかったが、それはすべて英国の村のたった一日の公開日のためだったんですね！」アガサが靴を見つめているあいだ、ジェームズは腹を抱えて笑っていた。

ミセス・ブロクスビーのやさしい声がジェームズの笑い声をさえぎった。

「ねえ、このきれいな花に囲まれてここでお茶を飲んだら、とてもすてきなんじゃないかしら。あそこにガーデンテーブルとチェアがあるわ。お茶を用意するお手伝いをするわね」

おもしろがっているジェームズから逃げだせてほっとしながら、アガサはミセス・ブロクスビーといっしょに家に入っていった。

ビルはジェームズにたずねた。「ところで、あなたの家はアガサのすぐ隣です。今朝、このコテージの周囲で誰かを見ませんでしたか？」

「何人か見ましたよ。とても早く起きたんです。ええと、ミセス・メイスンがちょうど犬を連れてやってきました。通り過ぎながら、おはようと声をかけられました。わたしは前庭を片づけていたので。それからミセス・ブロクスビーが来ました」

「彼女はライラック・レーンで何をしていたんですか？」ビルはたずねた。「この先は行き止まりなのに」

「早朝に村じゅうをよく散歩しているんです。それにライラック・レーンの行き止まりの方で、カップルの声が聞こえました。男性と若い女の子だと思います。女の子の笑い声が聞こえた」ジェームズはとまどった顔つきで、棒立ちになった。「妙だぞ！」

「何がですか？」

「たった今思い出しました。メアリーが殺されているのをアガサと発見した夜、ドアベルを鳴らして家の外で待っていたときに、背後の道路を若いカップルが通り過ぎたんです。そのときの娘も笑っていました。たぶん同じ女の子です」

「どうしてそれをいわなかったんです？」ビルがとがめた。

「すっかり忘れていました。重要には思えなかったし。村のありふれた音だと思って。というのも、二人はどこかの家から出てきたわけじゃなかったんです」

アガサとミセス・ブロクスビーがお茶の道具を手に庭に入ってきた。

ジェームズが振り向いた。「アガサ、メアリーが亡くなっているのを発見した夜、道にいたカップルを覚えていますか?」

「ええ。今思い出したわ。すっかり忘れていたけど」

「で、今朝早く、ジェームズはこの道の突き当たりで彼らの声を聞いたというんです」とビル。

「ウォーキングをしていたのかもしれないわ」ミセス・ブロクスビーがいった。「コッツウォルズには大勢そういう人が来ますもの。ライラック・レーンはどこにも通じていないけど、つまり車ではどこにも行けませんけど、突き当たりから野原を突っ切る遊歩道に通じているのよ」

「あなたは早朝に家を出たんですね、ミセス・ブロクスビー?」ビルがたずねた。

「誰かと会いましたか?」

「ミスター・レイシーの背中だけが見えたわ。前庭の花壇にかがみこんで雑草を抜いているんだと思いました」

「そのカップルはベス・フォーチュンとボーイフレンドだと思いませんか?」ロイが意気込んでたずねた。ゆうべ、殺人事件の詳細についてアガサから聞かされていたのだ。

「二人を訪ねてみます」ビルがいった。

「殺人事件が起きた夜、ベスとジョンはどこにいたのかしら？」

「カレッジのベスの部屋で勉強をしていました」

「証人は？」

「いいえ。でもうしろ暗いところのある人しか鉄壁のアリバイを作りませんからね」

「二人に会ったあとでここにまた戻ってきて、どういう話を聞いたか教えて」アガサが頼んだ。

ビルが行ってしまうと、ジェームズ、アガサ、ロイ、ミセス・ブロクスビーはテーブルを囲んですわった。ジェームズがいった。

「ジョン・デリーとベスがあなたにいたずらをしたと判明しても、それは殺人とは大違いですよ」

「そうかもね。というのも、絶対に庭の破壊行為は、メアリーの死となんらかの形で関連していると思うの。こんな馬鹿げた計画を思いつかなければよかったわ。このために、秋からPR会社のペドマンズで働かなくてはならなくなったのよ。しかも半年間も」

「よくわからないけど」ミセス・ブロクスビーがいった。「どうしてそういうことになるの？」

ロイがテーブルの下でアガサの足を蹴った。アガサは悲鳴をあげ、足首をこすりながら彼をにらみつけた。「洗いざらい話すわ」そういって取引について説明した。

「あなたは仕事がとてもできるにちがいないわね」ミセス・ブロクスビーがいった。

ミセス・ブロクスビーは猫のホッジにマフィンのかけらをこっそり食べさせようとしていた。アガサが買ってきた新発売のマフィンの袋には「電子レンジで温めれば、本物のアメリカ風ブルーベリーマフィンのできあがり」と書かれていた。だがマフィンは濡れた段ボールのような味がした。ホッジは差しだされたマフィンを口に入れると、ぺっと芝生に吐きだした。ジェームズはマフィンをくずしていたので、皿の上はマフィンのかけらだらけだった。アガサがそれを見て、少しは食べたと思ってくれることを期待した。

「ええ、そうなんです」ロイがいった。

ミセス・ブロクスビーに何かいわれたわけではないが、なぜかアガサをその契約にサインさせたことで、ロイはうしろめたく感じた。PR業界から離れ、ロンドンから離れ、この田舎の静謐の中にいると、都会でのありふれたビジネスがなんだかさもしく感じられた。

ロイは自分に腹を立てて、濡れた犬のようにぶるっと頭を振った。ロンドンでは誰かを植えたりはしない。強盗、レイプ、傷害沙汰、銃撃はあるが、植えることはなかった。

「なんだか」とミセス・ブロクスビーは持ち前の穏やかな声でいった。「ようやく、メアリー・フォーチュンの死の非道さが実感されたような気がするわ。この村の誰かが彼女を殺すほど怒りをかきたてられ、錯乱した。しかも、あんなふうにおぞましいやり方で。それほどの憎しみをかきたてるようなどんなことをメアリーはしたのかしら？」

「じゃあ、メアリーはそのせいで殺されたと考えているんですね？」ジェームズがたずねた。「つまり、人はその性格の欠点ゆえに殺されることがあると？」

かつては情熱的に愛を交わしたメアリーのことを、よくもそんな学術的な口ぶりで話題にできるわね、とアガサは思ったが、声に出してはこういった。「よそ者の仕業だとわかればいいのに！」

「日ごとに村の人間らしくなっていくわね、アガサ」ミセス・ブロクスビーがいった。「そろそろ、他の庭も観に行くわ。ああ、ジェームズ、あなたのところはどうなの？」

「公開していますよ」彼はのんびりといった。「他の人たちみたいに、門のところにお金を入れる箱を置きっぱなしにしています」

「じゃあ、観てくるわ。アガサは？」ミセス・ブロクスビーが声をかけた。「ちょっと散歩しない？」

アガサは首を振った。「視線やひそひそ話には耐えられないわ」

「わたしなら気にしないわ。たしかに、このことで笑う人もいるでしょうけど、愛情のこもった笑いだと思うわ。あなたはおもしろい人だと思われているのよ」

「まさに、それがわたしね」とアガサ。「猫を飼っている村の道化者」

ビルが庭に戻ってきた。「この殺人事件が解決するまで、いつも玄関に鍵をかけておいたほうがいいですよ。あなたの庭にある高価な防犯装置は、作業員が仕事をしているあいだ、こうこうと照明がついていたんですか？　それとも切っておいたんですか？」

「とうの昔に勝手に切れちゃったの」アガサはいった。「警備会社に電話して直してもらうわ。ベスとジョンはどういっていたの？」

「ジョンの仕業でしたよ」ビルは腰をおろした。「しかもまったく後悔していなかった」

「なんですって！」アガサが叫んだ。「あなた、彼を逮捕したの？」

「あなた次第です。しかし、子どもみたいないたずらですよ。しかも、告訴すればあなたのごまかしが法廷で明らかになってしまう」

「だけど、わたしにこういう真似をしているってことは、他の庭も破壊しているかもしれないわ。どうしてラベルを交換したの？」

「彼がいうには、眠れなかったので長い散歩に出かけたそうです。ライラック・レーンを歩いていて、あなたの家の前を通りかかると、外にトラックが停まっていた。夜明けだったし周囲に誰もいなかったので、泥棒かもしれないと思った。そこで玄関ドアに近づいていった。裏庭から人声が聞こえたので、裏に回りこんで聞き耳を立てた。誰かがこういうのが聞こえた。『じゃあ、ちょっと睡眠をとりましょう。何時頃からみんなやってくるんですか？』」

「ロイだわ」アガサがつぶやいた。

「すると、あなたの声がこう答えた。『十時から。どの花がなんていう名前か、どう説明したらいいの？　ずるしたのがばれたくないんだけど』するとこちらのロイが答えた。『ほら！　すべてにラベルがついてますよ。ほどよく雨に打たれて色あせていますが、読みとれます。ただかがんで読みあげればいいんです』そこで、ジョンは

〝自分の人生にお節介をされた〟仕返しをしようとした。そして、ラベルを交換したんです。少し小道を歩いていき、生け垣のそばにすわって、家が静かになるまで待った。そして庭に入っていき、すべてのラベルを交換した。それでも、彼がこれ以外の犯罪に手をそめているとは思えませんね。典型的なオックスフォード大学の学生らしく見えますよ。がさつで生意気で」

「いまいましいやつ」アガサはいった。「これが裁判沙汰になったら、わたしはいい笑いものだわ」

「そのことはすでにわかってもらえたかと思っていましたが」ビルはいった。

「葬儀はどうでしたか？」ジェームズがたずねた。「行ったんですよね？」

「ええ、火葬に立ち会いました。とても悲しかった。ぼくの他に二人の刑事とベスとジョンだけだったんです」

「村からも誰か行くべきだったわ」

急にアガサは良心のとがめを覚えた。死後にあばかれたメアリーの本性を考えるとつらくなった。メアリーの温かさや魅力だけを記憶に刻んでおきたかった。アガサはメアリーの事件を解決するために、できるだけのことをしようとふいに決意した。メアリーがどんな人間だったにしろ、あんな死に方をするなんてひどすぎる。

9

翌日、アガサが寝室でメイクをしていると、玄関ドアが開き、誰かが入ってくる足音が聞こえた。ビル・ウォンの忠告を思い出した。あせって武器になるようなものはないかと化粧台を探し、爪切りばさみを見つけたとき、ジェームズの声が呼びかけた。

「アガサ、二階にいるんですか？」

「今行くわ」アガサは叫び、バラ色の口紅を頬に塗ってしまい、毒づきながらふきとり、きちんと唇に塗り直した。

階段を駆け下りていった。「どうしたの？」

「オックスフォードに行かないかと思って」ジェームズはいった。「友人が大学で教授をしていることを思い出して、電話をしてみたんです。彼は別のカレッジにいますが、セント・クリスピン・カレッジの学監を紹介してくれたんですよ。学監に電話して、ランチの約束をしました。話を聞けば、ジョン・デリーについてもう少し詳しく

くるわ」

「それにベスについても」アガサは意気込んでいった。「ちょっと待って。着替えてくるわ」

ジェームズはアガサの花模様のブラウスと無地のスカートを値踏みするように眺めた。「そのままでかまいませんよ。〈ブラウンズ〉で食事をするので、ドレスアップは必要ありません。わたしが運転しますよ」

そして出発したとき、アガサは浮かれていた。今日が晴れているから、それに事件の調査に出かけられるから心が弾んでいるのだと、自分にいい聞かせようとした。ジェームズといっしょにいることで、かつてのように魔法の力がふるわれているとは認めたくなかった。

ジェームズはチッピング・ノートンとウッドストックを抜けて走った。

「このランチで何かつかめると思う？」アガサはたずねた。

「その可能性はありますよ。ベスもジョン・デリーも殺人に関わっているとは思わないが、打てる手はすべて打っておいたほうがいいですからね」

「その学監ってどんな人かしら。なんという名前なの？」

「ティモシー・バーンステイプル」

もしかしたら彼は魅力的かもしれないわ、とアガサは期待した。

ジェームズがグロスター・グリーンの地下駐車場に車を停めると、二人はセント・ジャイルズを少し戻って、ウッドストック・ロードの〈ブラウンズ〉まで行った。

「しまった」ジェームズがいった。「彼がどんな外見なのかきくのを忘れてしまった」

「テーブルを予約したの？」

「いいや。十二時に会うことになっているから、混んでいないだろうし、今は大学の休暇中ですからね」

二人がレストランに入っていき、店内を見回すと、やせた中年男性が立ちあがった。ステッキをついていた。黒いジャケットに黒いズボンという格好だ。黒い髪を後ろになでつけて固め、やつれたしわだらけの顔をしている。どこかのホテルのポーターだわ、とアガサは思って、視線を移した。

だが、その男はこう呼びかけてきた。「ミスター・レイシーですか？」

では、これがティモシー・バーンステイプルなのね。

「お待ちしているあいだに勝手に一杯やらせてもらっていました」その声は美しかった。教養のないしゃべり方がもてはやされる現代に、きちんとした発音の、きちんとした発声を耳にするのは心地がいいものだ。

「ミセス・レイシーもお連れになるとは存じませんでした」ティモシーはいって、アガサを横目で眺めた。「実に光栄です」

「こちらのミセス・レーズンはわたしの隣人で友人なのです」レイシーがいった。

「では、ミスター・レーズンは?」

「知りません」アガサは正直に答えた。「何年も前に彼を置いて家を出たんです。もう亡くなっているんじゃないかしら」

「隣におすわりください、ミセス・レーズン。しかし、こんなに堅苦しくする必要がありますか? あなたのファーストネームは?」

「アガサです」

「古きよき名前ですな、アガサ。最近の女性の名づけ方は実に嘆かわしい。トッツィーという名前の生徒がいますよ。それが彼女の本名なんです。その名前で洗礼を受けました。きわめて学業優秀な子です。しかし、人生で成功できるでしょうか? フルネームはトッツィー・マクファーターで、サッチャー支持者です。彼女の両親はたとえば、トッツィー・マクファーター判事閣下と書いてみて、〝あんよ〟なんて意味を持つ名前を奇妙だと思わなかったのでしょうか? おっと、話がそれていますね。おなかがぺこぺこだ。メニューを見るあいだに、もう一杯だけ飲み物を注文しましょう」

学監はダブルのウィスキーの水割りを注文し、メニューを眺めた。食べ物を注文してしまうと、ティモシーは赤ワインのボトルを注文した。

「とりあえず一本だけ注文して、様子を見ましょう」テーブルに肘を突くと、膝をアガサに押しつけてたずねた。「どういうご用件でしょう?」

ジェームズは殺人事件について手短に説明した。

「ああ」ティモシーはいった。「新聞で読みましたよ」

「実をいうと、途方に暮れている状態なのです」ジェームズがいった。「それでメアリー・フォーチュンと親しかったすべての人間について知ろうとしているんですよ。ジョン・デリーについてどう思われますか?」

「カレッジは、少し前にパブリックスクールに対して規制を始めました。イートン、マールバラ、ウェストミンスターなどのね。経済的に恵まれない人々を助けよう、エリート主義をつぶせ、そういったことです。悲しいことに、わがカレッジにはたくさんのジョン・デリーがいます。ビールをがぶ飲みし、大口をたたき、大学で途方に暮れている。公立学校ではそこそこ勤勉だったが。大学向きの人間ではない。たとえ単位をとれても成績は悪く、資本主義社会を責めるような生徒です。その結果、仕事につけない。おまけに、破れたジーンズと不作法な態度で面接に臨んだせいで失敗したとは、かたくなに信じようとしない。入学した年に彼はベスとくっついたんです。かたや、ベスはとても知的な女の子です」

「じゃあ、どうしてジョン・デリーとつきあっているんですか？」アガサはたずねた。

「女の子が聡明であればあるほど、性的には未経験になります。彼女たちはカレッジで男性と性的な関係になると、自分たちはフェミニストで解放されていると考える。その男のために金を払い、ソックスを洗い、食事を作ってやることで、母親以上に男に縛られていることに気づかないんです。すべてセックスのせいですよ」

ティモシーはさらに強くアガサの膝に膝を押しつけてきた。小さなテーブルだったので、アガサが脚を動かすと、今度はジェームズの脚に膝がぶつかってしまった。あわてて謝り、反対側に動かすと、ティモシーのしつこい膝がまたもテーブルの下で待ちかまえていて、戻ってきたアガサの脚を歓迎した。

食事が運ばれてきた。食べごたえのある英国の食事だった。

「どちらかが殺人を犯した可能性はあるでしょうか？」アガサはたずねた。

ティモシーは汚い爪をした手を静かに、というように持ちあげると、食べ物に猛然と挑みかかった。彼は食べるのがとても速く、大量のワインとともに食べ物を流しこんでいった。「もう一本どうですか？」ついに沈黙を破って、ティモシーがいった。ジェームズはもう一本頼み、アガサと自分のために一杯注いでから、ティモシーに注いだ。「さて」とジェームズがいった。「デザートといっしょに赤ワインは飲みたくないでしょうから、話をしましょう」

しかしティモシーは、アップルパイのアイスクリームとダブルクリーム添えを赤ワインで流しこめることがわかった。

アガサは無言で待っていたが、ついに語気鋭くいった。

「はっきりいわせてもらうわ。わたしたちはいくつかの事実をうかがうために、あなたをランチに誘ったのよ」

ティモシーはうっとりとアガサの好戦的な顔を眺めた。

「すてきなレディだ」喉を鳴らすようないい方だった。「実に力に満ちあふれている。わたしは力に満ちあふれた女性の手にかかると、ゼリーみたいにふぬけになってしまうんだ」

ティモシーはアガサの手をとると、そこにキスした。彼女はさっと手をひっこめた。

「いい加減にしてください」ぴしゃりという。「もっとジョン・デリーについて話してちょうだい」

ティモシーは最後の赤ワインを飲み干すと、ウェイトレスに合図した。

「ええと、コーヒーとブランデーを……」といいかけたが、アガサはウェイトレスを追い払った。「必要になったら呼ぶわ。ブランデーはなしよ、ティモシー。しゃべるまではね。ジョン・デリーについてもっと教えて。彼はカレッジで何か事件を起こさなかった？　最終学年の学期が始まったとき、彼とベスはカレッジにいたの？」

ティモシーはため息をつき、椅子に寄りかかると煙草に火をつけた。

「ジョンが一年生のときにちょっとした事件がありました。酔って口論になり、同級生を殴ってしまったんです。裁判沙汰にはならなかった。大学からは停学処分を受けたが」

「何が口論の原因だったの？」

「殴られた学生がベスを口説いたといってました。ベスが争いをけしかけ、最終的に殴り合いになると満足そうな様子で、さらにジョンに本気になるように仕向けた、という証人もいます。しかし、それは信じがたいですな。ベスはとてもいい子です。いい成績を収めるでしょう」

ティモシーは大学生活についてしゃべりはじめたので、何度もアガサはジョンとベスの人柄について話を引き戻さねばならなかったが、あまりうまくいかなかった。しぶしぶジェームズはティモシーのためにブランデーを注文した。

「ダブルで頼むよ」ティモシーはウェイトレスに叫んだ。

それからジェームズはこういった。「その事件でわかっていることは、ベスがジョンを煽ってけんかをさせたということですね」

「ベス・フォーチュンはレディ・マクベスじゃありませんよ」ティモシーは叫んで、片手を激しく振ったので、煙草の灰がアガサのコーヒーカップの中に落ちた。酔った目でジェームズを見すえると、アガサの方にあごをしゃくった。

「この人はベッドではどんなふうですか？　攻撃的でしょう、たぶん？」

ジェームズは嘆息した。「まだその栄に浴してません」

「なぜ？」とティモシー。

「本題からそれないようにしない？」アガサの声がしだいにとげとげしくなってきた。

「殺人のあった夜、ジョンとベスはベスの部屋にいたといっている。だけど、警察の話だと、アリバイを証言する人は誰もいないのよ」

「だが証人はいますよ」ティモシーは自分の鼻をたたき、煙草をデザートの残りに突っ込んでもみ消した。

二人は体をのりだした。「誰ですか？」

「わたし《ミー》です」彼は勝ち誇ったようにいった。「もちろん、正しくは〝I《アイ》〟だが、それだといささか衒学的《げんがく》に聞こえると――」

「何くだらないことをいってるの？」アガサがわめいた。「あなた、何を見たの？」

「殺人のあった夜、ベスの部屋が面した中庭を歩いていたんです。目を上げると、はっきりとジョン・デリーとベス・フォーチュンが窓辺に立って話しているのが見えた」

「何時頃？」

「八時半ぐらいかな」

「警察にそのことをいいました？」

「きかれなかったものでね」

「でも、警察が証人を探していることは知っていたんでしょ」アガサはいらだちもあらわにいった。

「わたしの証言は必要じゃないでしょう。ベス・フォーチュンが実の母親を殺した、しかもあんなぞっとする方法で殺したとは思えない。それをいうなら、ジョン・デリーも同様です。母親が殺された手口からして、犯人は憎悪を募らせていたように見えます。典型的な村の殺人だ」

「どういう意味ですか——村の殺人って？」

「都会ではああいう猟奇的な殺人は好まれないんです。いまだにこうした古いコッツウォルズの村では近親結婚が多いし、魔術やら何やら怪しげなものもはびこっている。いっておきますが、あれは村の人による殺人ですよ」

ティモシーがウェイトレスを探して店を見回したので、ジェームズはブランデーのお代わりをするつもりだと察し、機先を制して勘定書を頼んだ。

アガサは逃げだせたことにほっとしながら、外に出ると新鮮な空気を胸いっぱいに吸いこんだ。

「てっきり学者肌の年配の紳士に話を聞くのかと思っていたわ」アガサは苦々しくいった。「全部、本当のことなのかしら、二人を目撃したっていう話？」

「ええ、真実を語っていると思いますよ。嘘をつく理由がありますか？」

「夕食をねだるため？　あなたにもっとお酒代を払わせるため？　死亡時刻は正確にいうと何時だったのかしら？　ビル・ウォンにきいてみた？　わたしたちがメアリーを発見したのは八時だったわね」

「わたしはきいてみました。おそらくわたしたちの到着する一時間ぐらい前に殺されたと考えているそうです」

「どうしてビルにたずねることを思いつかなかったのかしら？」アガサが悔しそうにいった。

「アリバイを探していたのではなく、メアリーを殺す理由を探していたからですよ。ああ、しまった、時間といえば、メアリーを殺してから吊り下げる時間が必要だ。彼または彼女は、わたしたちが到着する少し前に出ていったにちがいない。となると、ジョンとベスが八時半に目撃されたなら、オックスフォードに戻る時間はあった。つまり、二人に本当のアリバイはないってことで、そのことも考慮しなくちゃなりませんね」

「ランチをごちそうさま、ジェームズ。わたしの分はお払いするべきでしょうね」

「いいんですよ。来週ディナーに誘ってくれれば、そこであいこにしましょう。メアリーが遺してくれたお金を使うつもりですか、アガサ?」

「いいえ、とっておくわ」

「じゃあ、わたしにディナーをおごれますね。さて、これからどうしますか?」

「カースリーに戻りましょう。道々、何か思いつくかもしれないわ」

しかし、さまざまな推理を交換したが、二人とも何も閃かなかった。

「ミセス・ブロクスビーは正しかったわ」アガサは村に近づくと、身震いしながらいった。「時間がたてばたつほど、あの殺人がおぞましく感じられるようになった。これまでは事件全体の衝撃のせいで、現実感がなかったんだと思うわ」

「ボーイスカウト・フェスティヴァルが行われているようだ」ジェームズがいって、カースリーの村を見下ろす野原のかたわらで速度を落とした。「ちょっと見ていきますか？　屋台なんかも出ているようだし、自家製ジャムを手に入れられるかもしれない。よくメアリーにもらっていたんです。なんてことだ！　なんでこんなことを思い出したんだろう？」

「のぞいていってもいいわね」アガサは賛成した。

ジェームズが野原のはずれに車を停めると、二人はフェスティヴァルの方に歩いていった。入場料は二十ペンスだった。カースリーではあらゆるものの入場料が二十ペンスのようだ。二人は屋台をひやかしていった。いつものように慈善の寄付金を集めていたミセス・ブロクスビーが手作りジャムを売っていたので、アガサとジェームズはそれぞれひとびんずつ買った。ジェームズがミセス・ブロクスビーとしゃべっているあいだ、アガサは少し離れて待っていた。ガーデニングでずるをしたことを、まだ少し気恥ずかしく感じていたのだ。

小さなボーイスカウトたちはトランポリンで跳ねたり、子馬の模型を飛び越えたりしている。甲高い音で演奏しているボーイスカウトのバンドもいた。

向こうの隅に、足場のようなものがあった。〝山岳救助〟の実演をしているようで、三人の少年たちが太った男の子をロープに吊るして引きあげていく。男の子は手を放してしまい、空中に逆さのまま宙吊りになった。

「メアリー・フォーチュンみたい」アガサは身震いしながらいった。「行きましょう」

二人は背を向けた。風が強くなり、頭上の空は灰色に重く垂れこめている。しばらく雨が降っていなかったので、みすぼらしい草地に点在する土の露出した部分から、土くれが巻きあげられた。大気中にかすかな冷たい湿り気も感じられる。雨が近づいているようだった。アガサはむきだしの腕をさすって、ぶるっと震えた。

そのとき、背後から知っている声が叫ぶのが聞こえた。

「もっと強く、みんな、もっと強く！　ちゃんと力をこめて引いてないぞ。手本を見せてやろう」

アガサとジェームズは立ち止まり、振り返って見た。

バーナード・スポットがジャケットを脱ぎ、そでをまくって筋肉質の腕をあらわにしている。彼は〝山岳救助〟の男の子たちに近づき、ロープをつかむと、やすやすと一人の男の子を引きあげた。

「どうやるかわかったかね？」バーナードはいった。「腕の力を使うんだ。全身でひっぱるんじゃない。腕だけだ」

「わたしといっしょに向こうに歩いていってください」ジェームズがせっぱつまった声でいった。「あまり興味を見せないで」

「どうして？」

「ああいうふうに行われたからですよ」ジェームズはアガサの腰に腕を回すと、ぐっと引き寄せた。

あらまあ、とそれを見ていたミセス・ブロクスビーは思った。アガサはジェームズの関心を引くことについに成功したみたいね。

「バーナードが？　バーナードのことをいってるんじゃないでしょ？　あんな老人よ」アガサがいう。

「だが、とても鍛えている。力がないからという理由で、容疑者リストから除外してきた。でも、足首をロープで縛り、片方の端を長くしてフックにひっかけ死体を引きあげれば、誰にだってできるんです。上で止めて、ロープを切ればいい」

「たしかに。だけど、どうしてバーナードが？」

「いや、やっぱりバーナードじゃありませんね」ジェームズがいって、いきなり立ち止まった。「検討しあったり考えたり推測したりと、わたしたちはいささかやりすぎたようです。とんでもない結論に飛びついてしまった」

二人は野原の入り口まで来た。アガサは振り返った。バーナード・スポットは微動だにせず立ち、野原の向こうからこちらを見つめている。

「ねえ」アガサがいいだした。「バーナードの家に行って待っていましょうよ。ああいうロープの使い方ができる人が村にいるかどうか、きいてみればいいわ。今、あっちに目を向けないで。彼、穴が開くほどわたしたちを見つめているから」

「きいてみてもいいですね」ジェームズはいった。「だけど、どうして今きかないんですか？」

「わからない。彼の裏庭をちょっと見てみたいの。警察が見逃したものを見つけられるかもしれないわ。バーナードのような尊敬されている年配の村人の庭を、それほど徹底的に捜索したとは思えないもの」

「バーナードのことを口にしなければよかった」ジェームズは弱気になっていた。

「今日はもうこの事件について考えたくないな」

「じゃあ、わたしを降ろしていって」アガサはいった。「一人で行くわ」

「いや、それならわたしがついて行ったほうがいい。あなたが馬鹿な真似をするといけないから」ジェームズは失礼にもそういってのけた。

「煙草を吸わないではいられないんですか?」アガサが車に乗るなり煙草に火をつけたので、ジェームズは文句をいった。

「人が煙草を吸うのは気にしないといってたじゃないの」

「嘘をついたんです」

アガサは火のついた煙草を車の窓から投げ捨てた。

ジェームズはしゃべりながら発進しかけていたが、すぐに急ブレーキを踏んだ。

「なんて馬鹿なことをするんだ、アガサ。地面はからからに乾いているんですよ。あなたのせいで村じゅうが火事になりかねない」

ジェームズが溝を探し、彼女が捨てた煙草を見つけて拾いあげるまで、アガサはむすっとした顔で車内にすわっていた。いくらなんだって、あんなふうにガミガミいう権利はないわ。

「あなたって男性優越主義者のブタね」ジェームズが車に戻ってくるなり、アガサはいった。

「それなら、いわせてもらいますけどね、アガサ、あなたはわたしがこれまで不運にも巡り合った中で、最悪の女性優越主義者の雌ブタですよ」

「まあ、ひどいわ、ジェームズ。田舎も、そこをうろついている連中にもうんざり。バーナードのところに行くの、行かないの？」

「わたしには行かないだけの良識があります。わかりますか？　あの老人にあんなことができると考えることさえ幼稚ですよ」

「バーナードがわたしたちを見ていた目つきが気に入らないの」アガサはいった。

「女性の直感ですか？」

「そんなようなものよ、いとしのジェームズ」

「わたしたちが庭をうろついて、なんだか知らないものを探しているときに、バーナードが戻ってきたらどうするんですか？　彼に指を突きつけてこういうのかな？『あなたがやったんでしょ！』で、バーナードは泣きくずれて白状する。『わたしの過失《ミア・ク》なり《ブラ》。なんとすばらしい女性探偵だろう』」

「どうして急にそんなにつんけんしはじめたの？」アガサは問いつめた。

ふっと沈黙が落ちた。ジェームズは角を曲がり、バーナードのコテージに通じる丘を上りはじめた。「実はよくわかりません」

「次に口を開くまでに答えを見つけておいて」

アガサはまだぷりぷりしながらいった。車が停まると、アガサは降りて庭の小道を歩きバーナードの家の裏に回っていった。

ジェームズはステアリングをたたきながら、アガサが消えるのを眺めていた。それから肩をすくめ、自分も車を降りるとアガサを追っていった。

空がますます暗くなってきた。ボーイスカウトのバンドの演奏が、とぎれとぎれにかすかに聞こえてくる。ジェームズはコテージのわきに回りこんだ。裏庭はかなり広く、バラの香りが濃厚に漂っていた。突風が吹きつけ、花びらを芝生にまき散らした。庭の中央には丸い池があり、金魚が緑がかった水の中をすいすい泳いでいる。

アガサは振り向いてジェームズの姿を見ると、低い声でいった。

「こっちに来て、ちょっとこれを見て」

ジェームズはアガサのかたわらに近づいた。土がむきだしになった正方形の一角があり、ならされた地面には、こぎれいな木製の小さな十字架がずらっと立てられていた。それぞれの十字架には、名前が彫られている。ジミー、ウィリアム、ハリー、ジョージ、フレッド、アリス、エマ、オリーヴなどなど。

「動物の墓ですか？」ジェームズがたずねた。

「わたしが考えていることがわかる？　これは毒殺された例の金魚のお墓じゃないかと思うの」

「冗談も休み休みにしてください、アガサ。金魚に名前をつける人なんていませんよ」

「彼はつけたんだと思うわ。見つける方法はひとつだけよ」アガサはかがみこんで、指で地面を掘りはじめた。

「やめるんだ、アガサ。猫ですよ」

「だけど、このお墓すべてが動物でも、バーナードはちょっとおかしいわよ。ああ！」アガサは体を伸ばし、地面を指さした。ほとんど元の姿をとどめない金魚が掘りだされていた。

「わからない？」アガサは目をぎらつかせながらいった。「たくさんの金魚にこれほどのめりこんでいたんなら、メアリーが金魚を毒殺して、そのことをバーナードが知ったら、頭がいかれちゃった可能性はあるわ」

表側の庭の門がきしむ音がして、二人はぎくりとした。「埋めて、早く」ジェームズがいった。

「いやよ」

アガサは裏庭の入り口に向き直った。バーナードがジャケットを腕にかけて、家の角を曲がってきた。二人の姿を見たとたん棒立ちになった。それから足早に近づいてきた。バーナードはアガサの足下の暴かれた墓を見下ろし、低い声でいった。

「どうしてジミーの墓を冒瀆《ぼうとく》したんだね？」

「あなたがメアリーを殺したのね」アガサは感情のこもらない声でいった。「メアリーが金魚を殺したのを知り、彼女を殺したんでしょ」

「ほう、そうかい。では、警察はどこかな、アガサ？」

「もうじきここに来るわ」アガサはジェームズの背中に隠れながらいった。さらにあてずっぽうにこういった。「鑑識の人たちは、あのロープからあなたを割り出したのよ」

「指紋は残していないはずだ」バーナードはそういってから、その言葉によって犯行を自白してしまったことに気づき、ふらふらと芝生の上にすわりこんだ。

「どうしてこんな真似をしたんですか？」ジェームズがたずねた。

「恥をかかされたからだ」バーナードはうなだれた。「メアリーはわたしの気を引いておいて、いざ迫られると、軽蔑したように笑い、馬鹿な年寄りと罵ったんだ。はらわたが煮えくりかえった。わざとわたしが恥をかくように仕向けたんだろう、みんなにそれをばらしてやる、といってやった。だが、もちろん、そんなことはしなかったよ。そんなことをしても、よけいに自分が滑稽に見えるだけだ、いい年をして。

ある晩、庭で人の気配がした。老人は眠りが浅いからね。窓からのぞいてみた。月の光にこうこうと照らされ、メアリーが池にかがみこんでいるのが見えた。わたしは外に出ていかなかった。彼女が怖かったんだ。また笑われて、肘鉄を食わされるのが怖かったんだ。だが、朝になると金魚が死んでいた。友人であり、ペットであり、家族だった金魚が一匹残らず。わたしは池のそばにすわって、よく金魚に話しかけていたんだよ。その金魚たちを殺されて、メアリーに恥をかかせてやること以外に何も考えられなくなった。

すべては意外なほど簡単だった。その後、メアリーに会ったとき、彼女はとても気さくで親しげにふるまった。何もなかったかのようにね。わたしを訪ねてきて、ケーキまで持ってきてくれた。だからわたしは着々と準備をした。メアリーを訪ね、一杯やろう、ブランデーがいいねといった。彼女がブランデーを好きなことは知っていたからな。メアリーがふたつのグラスに酒を注ぐと、わたしは外で何か物音が聞こえた、といった。メアリーが窓から外をのぞきに行ったすきに、彼女のグラスに毒を入れた。とうとう、メアリーがはたしてそれを飲むだろうか、と考えて拷問のような時間を過ごした。メアリーは海軍にいたときはブランデーをひと息で飲み干したものだ、だが、ご婦人にはそれは期待できないだろうね、と挑発してみた。メアリーは笑っていった。『あら、できるわよ』そしてグラスの中身を一気に喉に流しこんだ。わたしはメアリーが死ぬのを眺めていた。まったく何も感じなかったよ。何も。自分の酒には手も触れていなかった。手袋をはめたあとで、慎重に酒をボトルに戻した。それからボトルの蓋をまた閉めた。自分のグラスはメアリーが飲んだグラスといっしょにポケットに入れて、持ち帰ることにした。メアリーがじゅうたんに嘔吐した跡はふきとった。警察にその痕跡が発見されることはわかっていたが、捜査を楽にしてやるつもりはなかったんだ。

メアリーを抱えあげた……で、あとは知っているだろう。冒瀆された姿のメアリーを発見させたかった。あちこちの庭を破壊したり、わたしの金魚を仕返しのために殺した報いだ。よその庭を破壊したのはメアリーだと知っていたよ。あの女は頭がおかしかったんだ」

「警察が来たかどうか見てくるわ」アガサが弱々しい声でいった。

アガサは庭から走り出て正面に回ると隣のコテージに行き、いきなり電話を使わせてくれと叫んで、住人のミセス・ベインの度肝を抜いた。アガサはフレッド・グリッグズ巡査にかけ、それからしぶしぶジェームズとバーナードのところに戻っていった。

だが、裏庭に着くと、ジェームズ一人しかいなかった。

「気の毒な老人だ」ジェームズはいった。「警察に連行される前に、いくつか片づけておくことがあるようです」

そのときバーナードがまた現れた。「行く前に新しい家族にえさをやっていこう」彼は金魚のいる池に歩いていった。安堵の吐息をもらしながら、アガサは遠くから警察のサイレンが近づいてくるのを聞いた。

ジェームズがいきなりアガサを両腕で抱きしめた。アガサはありがたく彼にもたれ、顔をその胸にうずめた。

「これでおしまいだ」バーナードのいまや震えている声が聞こえた。「キッチンから荷物をとってくる」

アガサは顔を上げた。「あなたがいっしょに行ったほうがいいわ。逃げるかもしれない」

「どっちにしろ、中に入ったほうがいいでしょう。警察は玄関ドアをたたくでしょうから」

二人はキッチンのドアから室内に入った。たしかに、ドアがドンドンたたかれていた。アガサが開けに行くと、ビル・ウォンと二人の刑事が入ってきた。

「警察無線であなたの伝言を聞いたんです。彼はどこですか？」

アガサはあわててあたりを見回した。「わからない。どこかにいるはずよ」

そのとき天井からドンドンドンという大きな音が響いてきた。

ビルと同僚たちは階段に走っていき、ジェームズはアガサを引き寄せた。

「行かないで。気持ちのいい光景じゃない」

「どういうこと？」

「バーナードは新しい金魚に毒を飲ませ、自分自身も毒を飲んだんだと思う。胃洗浄が間に合うかどうか……たぶん無理だろう」

二階で無線がパチパチ音を立て、刑事たちは救急車を呼んでいた。

「庭に出てすわっていましょうか、アガサ。ここにいても、もうわたしたちにできることはありませんから」

エピローグ

バーナード・スポットの死から二日たった。長く続いた好天がついに終わり雨が降ったが、その雨もあがり、ふたたび太陽が顔を出していた。

アガサはジェームズといっしょに自宅の庭にすわっていた。ジェームズは花や低木をとてもほめてくれたので、アガサは自分がずるをしたことを忘れそうだった。二人は別々に警察に供述をとられたので、バーナードが殺人犯だと知って以来、初めて顔を合わせたのだった。

「どうしてバーナードを一人で二階に行かせたの?」アガサはたずねた。「自殺するかもしれないと予想していなかったの?」

「その可能性は考えていました。戦争中は勇敢な軍人でしたから。二階からあのぞっとするような音が聞こえたとたん、毒をあおって苦しんでいて、かかとが床をたたいているのだとわかりました。彼は新しい金魚にも毒を飲ませたんです。バーナードを見張っていて、法廷に立たせるべきだったのかもしれない。非常にショックを受け動揺していたから、自分が何をしているのかよくわからなくなっていた、そう言い訳することしかできませんが」

「勇敢な人だったかもしれないけど、とても残酷な殺人を犯したんだから、裁きを受けるべきだったわ」アガサは語気を強めた。

ビル・ウォンが家の横から現れた。アガサはもう裏の入口に鍵をかけなくなっていた。

ビルはすわると、しばらく二人を眺めてから口を開いた。「警察も、もう少しでバーナードを逮捕するところだったんですよ」

「口では何とでもいえるわ」アガサはいった。

「いいえ、殺人があった時期に、あの特別なブランドの除草剤を買った人間を見つけるため、広範囲に種苗園を洗っていたんです」

「どのブランド？」

「クリーン・ガーデン。猛毒の薬品にしては無害な名前ですよね」

「だけど、きっとたくさんの人が買っていたでしょ？」

「われわれはこの村の住人の写真を用意したんです。もちろんあなた方二人のも。気づかれないように撮りました。それを種苗園で見せて回り、オックスフォードシャーの片隅の店で、バーナード・スポットの顔が確認されたんです。そのことと、彼の海軍出身という経歴と、かつては優秀なヨットマンだったという事実によって、犯人ではないかという目星がつきました。あのロープの結び目は、専門家が作ったものでしたから」ビルは二人の憤慨した顔を見て笑った。「ご心配なく。あなたたちの手柄は横取りしませんよ。警察にはたしかな証拠はなかったんです。どうして彼を疑ったんですか？　バーナードがボーイスカウトを手伝っているのを見たといっていましたが、それだけじゃ、疑いをかけるのに充分じゃありませんよね」

「庭のお墓のせいなの」アガサがいった。

「お墓？　何の墓ですか？」

「毒殺された金魚のために、小さなお墓がずらっと並んでいたのよ。全部に名前が彫られた十字架が立てられていた」

「われわれもそれを見ました」ビルはいった。「しかしバーナードにたずねると、庭の一角を動物の墓地のために提供しているので、犬や猫が死ぬと、村の人間が死骸を持ってくるんだと説明していました。ただ、どうしてあなたたちがバーナードに服毒自殺をする時間を与えたのかが理解できないんです」

ジェームズはアガサを警告するように見た。「ショック状態だったんですよ」淡々といった。「まさか自分の命を奪うとは思いませんでした」

ビルは小さくため息をつくと、ぽっちゃりした両手を胸の上で組んだ。

「狂ってます。何もかも狂ってる。実際にメアリー・フォーチュンとのあいだにどういうことがあったのか、結局わからずじまいでしょうね。メアリーはアメリカで鬱病と診断されたが、それは多くの精神疾患で見られるものなんです」ビルはジェームズを見た。「状況を考えると、あなたが彼女の異常なところにまったく気づかなかったのが不思議でならないんですが」

「それほど錯乱しているとは、アガサだってわからなかったんですよ」ジェームズはいった。「いいですか、メアリーは一切の付帯条件なしで楽しい思いをしたがっている、男性の気を惹くのが上手な気さくな女性だったんです。わたしが交際を終わらせると、ひどい言葉をぶつけられました。だから、メアリーを誤解していたことで、大きな罪悪感を覚えました。関係を持ちはじめたときは、彼女が結婚を考えているなんて、これっぽっちも思わなかったんです。わたしはうしろめたかった。それに他の人々もいっていたように、そしてバーナードも告白したように、メアリーはとても底意地が悪い人間にもなれるが、次に会ったときには実にやさしく魅力的にふるまうんです。まるであれは全部自分の想像だったのかもしれない、と思うほどでした」

「じゃあ、ベスとジョンは完全に容疑が晴れたのね」アガサはそのことを残念がっているかのような口ぶりだった。「あのぞっとするカップルは村に居すわるつもりなのかしら」

「いいえ、コテージは売りに出すようですよ」ビルがいった。「あなたの写真がありとあらゆる新聞に載るかと思っていたんですけどねえ、アガサ――『村の探偵がまた金星』って」

「あのぞっとする殺人事件を解決したのがわたしだって、あなたがマスコミにしゃべってくれるんじゃないかと期待していたのに」アガサは不満たらたらだった。

「ぼくには決められないので。上司たちはマスコミ会見をするときに、その事実を巧みに削除したようです」

アガサは憤慨したようだった。「これまでの評判もあるし、マスコミはここに詰めかけてきたはずなのよ」

ビルはにっこりした。「今からでも、あなたの手柄だと知らせればいい」

「遅すぎるわ」アガサは新聞のやり方を熟知していた。「このニュースはもう古いわよ。バーミンガムで発見された二体の首なし死体に紙面をさらわれちゃったわ。今、名乗りでたら、目立とうとするうぬぼれ屋のオバサンだと思われるのがおちよ」

「忘れてるようですね」ジェームズが口をはさんだ。「わたしがいなかったら、あなたはそもそもバーナードにたどり着けませんでしたよ」

アガサはクマのような目でジェームズをにらみつけた。

「あなたが何をしたっていうの？　たしかに最初にバーナードだといったけど、それからすぐにその意見をひっこめた。わたしがしつこく彼の家に行こうと主張しなかったら、それに繰り返すけど、わ、た、し、があのお墓を見つけて掘り返さなかったら、彼はまだ自由の身だったわ」

「それはどうかな」ビルがいった。「バーナードのデスクの中から、きれいにタイプされて署名された自白文書が発見されたんです。ミルセスターの警察署宛になっていました。たぶん、遠からずそれを送るつもりでいたんでしょう」

「ともかく、わたしは見事な手腕を発揮したと思うわ」アガサはいった。「それに、自分でそういわなかったら、誰もほめてくれそうにないもの。まあ、ミセス・ブロクスビーだわ。ミセス・ブロクスビー……」

「マーガレット」

「マーガレット、ねえ聞いて、わたしがこの殺人事件を解決したのに、ジェームズとビルったら、手柄をとりあげようとしているのよ」

ミセス・ブロクスビーは椅子にすわった。

「とても悲しい事件でしたね。それにバーナードはずいぶん昔からこの村で暮らしていたの。まさかと思ったわ。人の心の中は他人には決してわからないものなのね。金魚が毒殺されたあと、お見舞いにバーナードの家に行ったら、彼は肩をすくめてこういったのよ。『ただの魚だからね。また買ってくればいいさ』バーナード・スポットは村の古株の一人になっていたから、あまり注目されることもなくなっていたの。バーナードにはベリル・スポットという七十五歳になる独身の妹さんがいて、あのコテージを相続するんですって。警告しておくけど、アガサ、妹さんはすでに牧師館を訪ねてきて、ここに住むつもりだといっていたわ」

「どうして警告するの？」

「兄は無実で、アガサ、あなたが死に追いやったんだと信じているのよ」

「わたし、ロンドンに行ったほうがよさそうね」

「どうしても？」ミセス・ブロクスビーが心配そうにアガサを見た。「契約書の写しを持っているの？　病気とかの理由で責任を逃れることができる条項があるんじゃないかしら。だって、病気なら行けないでしょ」

アガサは目を輝かせた。「ちょっと行って、とってくるわ。ロイが写しを送ってくれたの」

アガサは家に入っていき、ほどなく契約書を手に戻ってきた。アガサはかがみこんで一行一行に目を通してから、ため息をついた。

「これを見る限り、逃げ道はないわ。とにかくロンドンに行って、仕事を終わらせたほうがいいかもしれない。また働くのもおもしろいかもしれないわ」

「みっともない失敗をして、無能なPR業界人だということを示せばいいんですよ」ビルがいった。「そうしたら、喜んで送り返してくれますよ」

「そんな真似はできないわ」アガサは叫んだ。「プライドが許さないもの。かわいそうな猫たちはどうしよう。ホッジとボズウェルを半年間もロンドンのアパートに閉じこめておくの？」

「わたしが預かりますよ」ジェームズがいきなりいいだした。「わたしは猫好きなんです。あなたが戻ってくるまで面倒を見ていますよ」

「ありがとう。あの子たちがあなたといっしょにいると思うと、少し気が楽になるわ」アガサは目を輝かせていった。ジェームズが猫たちを預かってくれるなら、二匹の様子を聞くという口実でしょっちゅう電話をかけられる。

「それに、週末には戻ってこられるんでしょ、もちろん」とミセス・ブロクスビー。

アガサは首を振った。「死ぬほどこき使われると思うわ。たいていの場合、週末も仕事になるでしょう」

「じゃあ、わたしが庭の手入れをしておくわ」ミセス・ブロクスビーが申しでた。「こんなにすてきな庭ですもの。あなたが戻ってくる頃には、また春になっているわね」

アガサははっと思いついた。「あのカップルについては何かわかったの、ビル？ほら、メアリーが殺された夜に道で声を聞いたカップルよ」

「ああ、彼らですか、信じられませんよ。カップルについて聞いたあと、テレビを通して名乗りでるように呼びかけたんですが、だめだった。ところが、きのう殺人事件が解決されたと新聞に出たら、二人が図々しくも警察署に来たんです」

「何者なんですか？」ジェームズがたずねた。「どうしてもっと前に名乗りでなかったんですか？」

「ハリー・トランプという公営団地に住んでいるやつと、イヴシャムに住むガールフレンド、カイリー・テイラーでした。どうしてもっと前に名乗りでなかったのかとたずねたら、警察は信用していないし、殺人の罪をなすりつけられるかもしれないと思ったからだそうです。そろそろ行かないと。ロンドンに行く前に会いにきてください、アガサ」

「出発はまだだいぶ先よ」

ミセス・ブロクスビーも立ちあがった。

二人が帰ってしまうと、ジェームズがいった。

「わたしも戻ったほうがよさそうだ。あとで〈レッド・ライオン〉で会いましょう、アガサ。そうそう、わたしにディナーの貸しがあるのを忘れないでくださいよ」

ジェームズはかがんでアガサの頰にキスしようとしたが、その瞬間、アガサが首を回したので、キスは彼女の口に与えられた。温かく、胸がときめくような唇の感触。ジェームズが体を起こすと、アガサはうっとりしたまなざしで彼を見上げた。

「さよなら」ジェームズはぶっきらぼうにいうと、大股で庭を出ていった。

ロンドンに出発するまでの数週間は、まったく信じられないような日々になった。まるでかつての悪夢が甦ったかのようだった。あの夜パブで会ったジェームズは礼儀正しかったが、とてもよそよそしかった。何度かディナーに誘ったが、いつも断る口実が用意されていた。ついこのあいだまでロンドンに行くのを嫌がっていたのに、アガサは出発の日を心待ちにするようになった。

とうとうその日がやってきて、アガサはホッジとボズウェルをジェームズのところに連れていった。他の友人たちにはもうお別れを告げていた。足下に二匹の猫を入れたバスケットを置き、ジェームズの家の廊下に立つと、気まずそうにいった。「じゃ、行くわね」

「楽しんできて」ジェームズはいった。

「電話してもいいかしら」

「ええ、もちろん」

「じゃあ、ええと、さようなら」

「さようなら、アガサ」ジェームズは彼女のためにドアを開けた。

アガサはぎくしゃくと車まで歩いていき乗りこんだ。窓の外に視線も向けずに、アガサは走り去った。

ジェームズはアガサを見送っていた。こんなに冷たくするべきではなかったが、あのキスに警戒したのだ。メアリー・フォーチュンとの情事で味わった屈辱をいつか乗りこえることがあるだろうか、と思った。精神的な深い関わりすら考えたくなかった。自分自身にもう少し自信が持てたら、ロンドンまで出かけて行ってアガサをランチに誘おう。部屋に戻り、ワードプロセッサーを眺めた。寒くて風の強い日だったので、木の葉がばらばらと舞い落ちている。

恐怖が村からとり除かれ、カースリーは長い冬の眠りにつこうとしていた。安らかで静かな悩みなき眠りに。そして、退屈な、とジェームズは滅入った気分で思った。頭のどこかには、車に乗りこむ寂しげなアガサの姿がまだいすわっていた。

アガサは月曜日にチープサイドのペドマンズに現れた。受付係はアガサの名前をメモして、二階に電話した。それから彼女はアガサに微笑んだ。

「あなたの秘書のペタがすぐに下りてきます」

しかし、たっぷり十分待たされたあとで、ようやくアルマーニのパンツスーツを着たやせた女の子が階段を下りてきた。

「あら、そこにいらしたんですか、スイーティー」ペタは挨拶代わりにいった。「こちらにどうぞ、お部屋に案内します」

アガサはむっつりと彼女のあとについていった。小さな暗いオフィスを見回すと、ガミガミといった。

「ひとつはっきりさせておきましょう、ペタ。このオフィスは侮辱としか思えないから、もっといい部屋を用意するようにとミスター・ウィルソンに伝えてちょうだい。そして、二度とわたしのことをスイーティーと呼ばないように。あなたにとっては常にミセス・レーズンよ。それから、いいつけたことを終えたら、コーヒーを持ってきて」

ペタは勇敢にも反抗した。「この会社では自分のコーヒーは自分で淹れるんです。秘書はウェイトレスじゃないんですよ、おわかりでしょ」

「いいから、いわれたとおりにしなさい」アガサは怒鳴った。「いやなら別のボスを見つけるのね。さっさとして！」

ペタは命令をこなすために部屋を飛びだしていった。

しばらくして、アガサがもっと大きなオフィスにおさまると、ペタがコーヒーとビスケットのトレイを無言で彼女の前に置いた。

つかのま、アガサはジェームズのこと、ミセス・ブロクスビーのこと、猫たちのこと、家のこと、庭のことを考え、胸がしめつけられて目を閉じた。

それからまた目を開けると、電話を引き寄せた。

アガサはビジネスの世界に戻ったのだ。いまや、するべき仕事があった。

カースリーはあと回しだ。

訳者あとがき

お待たせしました。〈英国ちいさな村の謎〉シリーズ三作目『アガサ・レーズンの完璧な裏庭』をお届けします。どうやら、ちまたではアガサのユニークな個性が評判になっているようですが、今回もおおいに笑わせてくれます。そして、ちょっぴりおセンチな気持ちにもさせてくれます。さらに深く深くうなずきたくなる中年女性ならではの名言の数々も登場します。

「多少きつかったものの、一見、以前と変わらないように見えたのでほっとした。しかし、振り向いて後ろ姿をチェックしてみて、ぞっとした。スカートに浮きでたパンティの線の上に、だぶついたお肉がふたつ盛り上がっている……（中略）これが五十代の厄介なところなのだ。しじゅうスタイルを厳しくチェックしていないと、いきなり身の毛がよだつほどたるみ、醜い脂肪がそこらじゅうについてしまう」

「ジェームズ・レイシーみたいな世の中のハンサムな男性のことなどきれいさっぱり

忘れ、好き放題をしてデブになり、美容クリームもつけず、しわができるに任せたら、さぞ気楽だろう」

「どうしてかつては食道を滑りおりていっても何の変化も起こさなかったこういう甘いデザートが、今ではたちまちスカートのウエストをコルセットみたいにきつくするのかしら？」

訳者はここを訳している最中に、ぎくっとしていきなり椅子から立ちあがり、姿見に走っていき後ろ姿を鏡に映してみました。そしてアガサと同じく、絶望のどん底に突き落とされました。そして同じく、やけくそになって甘いデザートを食べてしまったのです。今回のアガサはますます中年女性のハートをわしづかみです。

また一作目、二作目と、毒舌と押しの強さを発揮してきたアガサですが、本書では少し変化が出てきたようです。それに一見、ずばずば物をいって気が強そうに見えますが、実はアガサは孤独で寂しがり屋の一面も持っています。幼いときから両親の愛情に恵まれずに育ってきたうえ、結婚生活も破綻したので、人一倍愛情を求めてしまうのかもしれません。アガサの心は本当はとてもピュアで傷つきやすいのです。牧師夫人のミセス・ブロクスビーや刑事のビル・ウォンはすぐにそれに気づき、アガサとの友情をはぐくんできました。三作目では村の人たちも、要領が悪くて不器用だけど、アガサが本当はいい人だということに気づいたようです。

まちがっていることや、ぼったくりには我慢できず、遠回しではなく歯に衣着せずに指摘してしまうアガサ。そういう姿は爽快で、つい応援したくなります（本書の高級フレンチでの場面にご注目）。さらにジェームズとの恋愛でのときめきや落胆ぶりは少女のようにかわいらしく、アガサがますますいとおしくなりました。

実は、最近、「アガサになっちゃった」というせりふが訳者の周囲で聞かれるようになりました（訳者がいちばんアガサ化してますが）。これは「つい我慢できずズバッといっちゃった」「ドジ踏んじゃって笑われた」「思い切った行動に走ってしまった」などのいい換えです。「アガサになる」と鬱憤は晴れるし、周囲は、ああ、またかと笑ってくれて場が和むので、読者のみなさんもぜひ試してみましょう（ただし、その結果については自己責任でお願いします）。

さて、本書『アガサ・レーズンの完璧な裏庭』では、アガサはなんとガーデニングに挑戦します。これまでアガサはまったくガーデニングには興味がなく、隣のジェームズがガーデニングに熱心なのを横目で見ているだけでした。しかし恋敵がガーデニング愛好家だと知って、ライヴァル心に火をつけられるのです。なんでも徹底的にやるアガサは温室まで買い、種をどっさり買いこんできて育苗箱にまきます。そして、庭の公開日には美しい庭を見せて、みんなを感心させようと意気込むのですが……。ああ、やっぱり、アガサならやりかねない、と大笑いさせられました。

やがて、村で猟奇的な殺人が起き、またもやジェームズとアガサはいっしょに聞き込みを始めます。すると、殺された被害者の意外な姿が浮かびあがってきて、二人とも複雑な心境になるのです。しかも、今回はとてもショックな事実をアガサは知ってしまいます。落ち込み、自己嫌悪に陥るアガサの心情にほろりとさせられます。

今回の犯罪では事件のきっかけとなったできごとや、それに対する人間心理が巧みに描かれていて、人間の欲望や見栄や悪意についていろいろ考えさせられました。そして、いっそう、媚びないアガサの毅然とした態度が心地よく感じられたのです。

ところで、作者のM・C・ビートンはフェイスブックにページを持っているのでのぞいてみました。ビートンの書き込みを読むと、アガサとの共通点がけっこうあり、にやりとさせられます。たとえば、煙草がやめられないこと。また、いろいろなものがどこかに行ってしまって、なかなか見つけられないというのも、アガサ同様、ビートンもけっこうおっちょこちょいなのでしょうか。「家に住むこびとは気の毒になってときどき物を返してくれるが、絶対に正しく対になったソックスは返してくれない」と訴えています。

また、ビートンはアガサ・クリスティが好きなようで、「彼女の本を読みながら楽しい午後をたびたび過ごしてきた」と記しています。アガサ・レーズンという名前も、クリスティにちなんだのかもしれません。カースリー村はミス・マープルの住むセント・メアリ・ミード村を彷彿とさせるところもありますし、人間心理の観察に長けたところも、クリスティとの共通点といえるでしょう。ただし「DNAとか現代の鑑識技術がなかった時代はシンプルでよかった。おまけに、怪しそうな使用人をたくさん登場させて、読者の注意をそらせることもできた」とビートンはうらやましがっています。しかし現代だからこそ、アガサをバリバリの元キャリアウーマンに設定し、行動的な探偵に仕立て上げることができたのです。ビートンは「軽いミステリを書くのはむずかしい」といっていますが、ユーモアたっぷりのアガサ・シリーズはすでに二十四冊も刊行されています。今後も引き続きご紹介を続けていければと願っています。

さて、シリーズ四作目は「The Walkers of Dembley」で、今度はカースリー村の近くで女性ハイカーが殺されます。ロンドンで半年間の仕事を終えて戻ってきたアガサは、またもやジェームズといっしょに事件に取り組みます。二人の仲がどう進展するかも興味しんしんです。二〇一四年春にはお届けできる予定ですので、楽しみにお待ちください。

コージーブックス

英国《えいこく》ちいさな村《むら》の謎《なぞ》③

アガサ・レーズンの完璧《かんぺき》な裏庭《うらにわ》

著者　M・C・ビートン
訳者　羽田詩津子《はたしずこ》

2013年　7月20日　初版第1刷発行

発行人　成瀬雅人
発行所　株式会社　原書房
〒160-0022 東京都新宿区新宿1-25-13
電話・代表　03-3354-0685
振替・00150-6-151594
http://www.harashobo.co.jp
ブックデザイン　川村哲司（atmosphere ltd.）
印刷所　中央精版印刷株式会社

落丁・乱丁本はお取り替えいたします。
定価は、カバーに表示してあります。
 ISBN978-4-562-06017-7 Printed in Japan